WILLIAM MEIKLE

DAS VERGESSENE TAL

LUZIFER VERLAG

Deutsche Erstausgabe
Originaltitel: THE LOST VALLEY

Umschlag: Michael Schubert | Luzifer-Verlag
Übersetzung: Markus Müller
Lektorat: Astrid Pfister
Printed in Germany

Dieses Buch wurde nach Dudenempfehlung (Stand 2020) lektoriert.

ISBN: 978-3-95835-503-3

Bibliografische Information der Deutschen Nationalbibliothek:
Die Deutsche Nationalbibliothek verzeichnet diese Publikation in der Deutschen Nationalbibliografie; detaillierte bibliografische Daten sind im Internet über http://dnb.d-nb.de abrufbar.

DANNY

Danny Swaitek und Gus Jacobs standen auf der Veranda einer Berghütte und warteten auf die vier Leute, die sich weiter unten gerade damit abkämpften, zu ihnen hochzukommen. Gus hatte bereits zwei Kippen geraucht und sog an einer dritten, während sich die Stadtmenschen ihren Weg entlang eines, zwischen Bäumen verlaufenden, Wildwechsels bahnten. Es würde wohl noch eine ganze Weile dauern, bis sie oben waren. Der Tag neigte sich langsam dem Ende zu und die beiden Bergführer warfen wegen der tief stehenden Sonne riesenhafte Schatten auf das Gefälle zu ihren Füßen.

»Hast du schon mal jemanden hierher gebracht, der nicht auf die Jagd wollte?«, fragte Danny.

»Scheiße, nein«, antwortete Gus und spuckte auf den Boden jenseits der Holzdielen. »Wer zur Hölle sollte denn sonst so weit rauswollen, außer einem Jäger? Im

Osten, auf der anderen Gebirgsseite, ist der Aufstieg leichter und die Aussicht besser. Auf den Gipfeln hier gibt's doch nichts als alte Bären und kalte Felsen.«

»Was möchten die dann?«, fragte Danny verwirrt.

Die einzige Frau in der sich abmühenden Gruppe ging vorneweg. Selbstbewusst durchschritt sie die kniehohe Vegetation, während die anderen drei fast jeden zweiten Meter zu straucheln schienen. Selbst auf die Entfernung hin, konnte Danny die kleinen, blutigen Kratzer in ihren Gesichtern und an ihren bloßen Händen erkennen, die von zurückschnellenden Zweigen stammten, die sie im Laufe der Klettertour ungeschickt zur Seite gedrückt und anschließend zu rasch wieder losgelassen hatten.

»Dieser armselige Haufen zahlt mir immerhin zweitausend Mäuse für ein paar Tage hier oben«, sagte Gus. »Achthundert davon gehen aber an dich, wie ausgemacht. So, wie die sich anstellen, glaube ich allerdings kaum, dass wir auch nur in die Nähe des Gipfels kommen, bevor sie aufgeben und wieder heim wollen.«

Angesichts der Tölpelhaftigkeit der Städter, selbst unter diesen einfachen Bedingungen auf der bisherigen Strecke, konnte Danny dem nur zustimmen. »Was möchten die denn überhaupt, wenn sie nicht das schöne Panorama genießen oder eine Trophäe für die Esszimmerwand mit nach Hause nehmen wollen?«

»Scheiße, was weiß ich«, knurrte Gus. »Es ist mir auch egal. Sie haben im Voraus geblecht und eine Rückerstattung kriegen sie auf keinen Fall. Vielleicht verraten sie uns ja ihr Geheimnis, wenn wir in der Hütte unser Nachtlager aufgeschlagen haben. Du kannst jetzt ruhig schon mal einen Kaffee aufsetzen. Ich glaube den haben sie bitter nötig.«

***

In aller Frühe waren sie an diesem Julitag in einem Konvoi aus drei Fahrzeugen, mit Gus uraltem Pick-up an der Spitze, in Jasper aufgebrochen.

Die anderen fuhren in zwei gemieteten, hübschen SUVs, die wirkten, als hätten sie noch nie eine asphaltierte Straße verlassen. Gus verhalf ihnen zu einem ersten Off-Road-Praxistest, als er in Richtung Nordosten von der öffentlichen Straße abbog und gewundene, ansteigende Holzabfuhrwege und zerfurchte Waldpisten entlangsteuerte, die kaum breiter als die Autos selbst waren. Im Rückspiegel sah Danny, wie der Lack der glänzenden Leihwagen von dagegen peitschenden Ästen zerkratzt wurde.

»Da hat wohl gerade jemand seine Kaution eingebüßt.«

Gus lachte. »Ich wette unser gesamtes Honorar darauf, dass mindestens einer von denen sein Frühstück wieder ausgespuckt hat.«

Kurz nach der Mittagsstunde parkten sie die Fahrzeuge an den Ausläufern einer nördlich gelegenen Lichtung in gut anderthalb Kilometern Höhe. Sie hatten bereits fünf Stunden ordentliches Wandern auf einer Route durch Kiefernwald hinter sich, die ungefähr alle zehn Meter von den Hinterlassenschaften von Hirschen gesprenkelt war. Andere Anzeichen für die Anwesenheit von etwas Lebendigem existierte nicht. Gus schien jedoch genau zu wissen, wo sie langgehen mussten. Danny hatte überrascht gegrunzt, als sie am Ende des Baumbewuchses auf eine Berghütte stießen, die am Rand einer Felsplatte an der Schwelle vom Grün der Pflanzenwelt hin zu den weißen und stahlblauen Bergspitzen stand.

Der Himmel hing wie eine undurchlässige, blaue Kuppel über ihnen. Im Norden ragten hinter dem Wald, die wie Perlen an einer Kette, aufgereihten Rocky Mountains in die Höhe, die Gipfel größtenteils noch vom Schnee eines harten Winters und eines langen Frühlings bedeckt.

***

Mittlerweile hatten die Stadtmenschen nur noch ein kleines Stückchen Geröllhang zu überwinden, um zu der Hütte zu gelangen.

Zeit für einen Kaffee, dachte Danny.

Er drehte sich um und stapfte ins Innere der Hütte. Das Gebäude setzte sich aus wenig mehr als vier wackeligen Wänden mit einem Flachdach zusammen. In der Mitte des Raums thronte ein alter Kanonenofen aus Gusseisen, umgeben von vielfach eingekerbten Hackklötzen, die als Sitzgelegenheiten fungierten. An den Wänden ringsherum lehnten Behelfsbetten in Form von Holzpritschen. Die Kaffeekanne und die dazugehörigen Blechbecher wirkten ebenso uralt wie der Ofen. Dannys Rucksack barg, neben fast vier Litern gefiltertem Wasser, auch neueres und besseres Geschirr, aber er sah keinen Sinn darin, mehr als nötig auszupacken. Die Kanne hatte er aus einer Regentonne auf der Rückseite der Hütte gefüllt. Das Brennmaterial im Ofen stammte vom Holzstapel daneben. Zum Anfachen des Feuers hatte er ein halbes Dutzend Illustrierte verwendet, die sich in einer der Ecken zu einem Haufen auftürmten – sämtliche Zeitschriften stammten von Anfang der Achtzigerjahre.

Ich frage mich, wie lange es her ist, seit Gus zuletzt hier war?

Sie hatten ihren eigenen Kaffee, zwei Dosen einer dunklen Röstung, mitgebracht, die Danny gern in seinem Gepäck mitgeschleppt hatte. Er schüttete jetzt eine gehäufte Handvoll in die Kanne und im Raum verbreitete sich bald darauf ein angenehmes Aroma, das ihn an die Umstände erinnerte, unter denen er Gus vor drei Tagen in Tim Hortons Diner in Jasper getroffen hatte.

***

Gus hatte die Statur eines gewaltigen Bären. Der Bergläufer brachte gut hundertzwanzig Kilo auf die Waage. Das Meiste davon waren Muskeln, jedoch würde sein stetig zunehmender Bierbauch das Verhältnis von Muskulatur zu Fett wohl irgendwann in der Zukunft umkehren. Fast jeder in der Gegend kannte ihn als den Mann, den man ansprechen musste, wenn es darum ging, einen Ausflug in die kanadischen Rockies organisieren zu wollen. Danny war ihm vor ein paar Jahren zum ersten Mal begegnet, kurz nachdem er aus Edmonton nach Jasper gezogen war, um der Großstadt zu entfliehen. Gus hatte ihn mit den Bergen vertraut gemacht und von diesem Zeitpunkt an konnte Danny einfach nicht mehr genug davon bekommen. Er freute sich immer wieder aufs Neue, wenn Gus sich bei ihm wegen eines Treffens meldete.

Der Mann war vor ein paar Tagen zusammen mit seinem beachtlichen Bauch im Diner erschienen, in dem sie sich verabredet hatten. Das Polster des Stuhls hatte protestierend geächzt, als er sein Gewicht langsam auf die Sitzfläche niedergelassen hatte. Danny hatte ihm einen Becher Kaffee rübergeschoben und zwei Schokoladen-Muffins – das typische Frühstück der beiden.

»Falls du Zeit hast und leicht verdiente Kohle einstreichen willst, hätte ich einen Job für dich«, hatte der Ältere gesagt, nachdem er die Muffins verschlungen hatte. »Ich bringe vier Leute hoch in die Berge und hätte gern jemanden dabei, auf den ich zählen kann, falls sie einen Babysitter nötig haben und auch als Absicherung für unvorhergesehene Notfälle.«

»Geht es um einen Jagdtrip?«, fragte Danny, denn er hatte Gus in den letzten zwei Sommern häufig auf der Pirsch nach Hirschen und Bären begleitet.

Doch Gus hatte den Kopf geschüttelt. »Dieses Mal nicht. Es handelt sich um einen Haufen Touristen aus der Stadt, die nach oben wollen. Mehr weiß ich nicht. Sie haben offenbar einen bestimmten Ort im Kopf und ich kenne einen Weg dorthin, auf dem nicht die Hälfte von denen krepiert. Wir zwei werden aber die Einzigen mit Waffen sein. Ich bringe garantiert keine Grünschnäbel dort hoch, die dann mit Gewehren rumwedeln und Rambo spielen. Sie kommen morgen aus Toronto und zumindest für den Kerl, mit dem ich gesprochen habe, ist es der erste Trip ins Gebirge. Du könntest dir also achthundert Dollar für ein bisschen Babysitten verdienen.«

»Achthundert Dollar für ein paar Tage? Ich bin dabei.«

***

Als sie die vier Touristen aus der Hauptstadt Ontarios heute Morgen bei Timmys Autovermietung getroffen hatten, war Danny nicht gerade beeindruckt gewesen, soviel war sicher. Der Boss des Grüppchens, ein Typ namens Noble, war ein sauertöpfisch dreinblickender Kerl Mitte dreißig, dessen Ausrüstung so aussah, als hätte er sie erst gestern erworben, nachdem er einen Verkäufer dazu aufgefordert hatte, ihn mit einem passenden Outfit für eine Bergwanderung auszustatten. Wenigstens die Frau fühlte sich offenbar in ihrer legeren Kleidung, den gut eingelaufenen Hiking-Schuhen und den dazu passenden, dicken Wollsocken, sichtlich wohl. Auch ihr Rucksack zeigte deutliche Gebrauchsspuren. Danny wusste sofort, dass die restlichen Männer ein Klotz am Bein für die bevorstehende Kletterei werden würden. Kalkweiß wie Grottenolme und mit schwabbligen Wänsten schienen sie direkt hinter irgendeinem Schreibtisch hervorgekrochen zu sein. Sie hatten anscheinend schon Probleme damit, ihr Gepäck zu schultern, und ihr nagelneues Schuhwerk würde ihnen reichlich Blasen garantieren, sei es nach einigen Stunden oder vielleicht sogar schon nach wenigen Minuten.

Dennoch meldete Danny keinerlei Zweifel an, denn achthundert Mäuse so früh in der Saison waren ihm mehr als willkommen und sie einfach so aufs Spiel zu setzen, bevor sie das Gelände des Mietwagenanbieters überhaupt verlassen hatten, wäre so ziemlich die dümmste aller dummen Ideen gewesen.

***

Oben in der Hütte zeigte sich, wie recht er gehabt hatte, denn anstatt zuerst einen Kaffee zu trinken, nahmen die beiden Männer auf zwei der Holzklötze am Ofen Platz und streiften hastig mit spitzen Fingern ihre Schuhe ab. Der kleinere, dickere der beiden, der sich als Mike vorgestellt hatte, hielt wenig später seine linke Socke in der Hand, die mit Blut getränkt war, das aus einer aufgeplatzten Blase an der Ferse quoll.

Eine Blase, von der Größe eines Spatzen-Eis, zierte die Außenseite des rechten großen Zehs des anderen, der

Erik hieß. Auch diese würde garantiert bald ihren Inhalt freigeben.

Gus warf ihnen mitleidslos eine Packung Heftpflaster zu. »Verarzten Sie sich so gut, wie Sie können, denn wir haben noch eine lange Strecke vor uns, wenn wir zu unserem Ziel wollen. Das hier war der lockere Teil, morgen lernten Sie die richtigen Berge kennen.«

Die beiden Stadtmenschen stöhnten im Chor auf, verkniffen sich aber sämtliche Beschwerden, während sie ihre Füße zupflasterten.

Danny drückte jedem von ihnen einen Becher Kaffee in die Hand. Die Frau schenkte ihm zum Dank ein schmales Lächeln, dann begutachtete sie kritisch die Pritschen an den Wänden.

»Nicht viel Privatsphäre, fürchte ich«, sagte Danny entschuldigend. »Wird ein wenig rau heute Nacht.«

»Kein Problem«, erwiderte sie. »Ich bin nicht empfindlich.«

Sie lächelte Danny erneut zu, dieses Mal etwas breiter. Als sie zum Ofen ging, um sich selbst einen Kaffee einzugießen, begann er langsam zu glauben, dass sich dieser Auftrag zum Babysitten durchaus positiv entwickeln könnte.

JESS

Jess nahm ihren Kaffeebecher mit auf die Veranda, um dort das Panorama genießen zu können. Doch Noble lungerte bereits draußen herum.

»Wie weit ist es noch?«, fragte sie ihn.

»Noch gut zehn Meilen, schätze ich. Unser Bergführer hat behauptet, dass es zwei Tage dauern wird. Also werden wir morgen um diese Zeit wahrscheinlich irgendwo dort oben zelten müssen.«

»Hast du ihn schon über unser genaues Ziel aufgeklärt?«

»Nicht im Detail. Nur, dass wir das Tal der träumenden Indianer besichtigen möchten.«

»Und was hat er dazu gesagt?«

»Er hat gelacht und erwidert, dass es dieses nur im Märchen gäbe.«

»Er könnte recht haben.«

»Dem würde ich zustimmen, wenn wir nicht diesen Reisebericht und die genaue Ortsangabe darin hätten.«

»Letztere beruht aber auch eher auf Mikes Vermutungen.«

»Du kennst Mike doch. Seine Vermutungen sind immer so nah an der Wirklichkeit, dass kein Blatt Papier mehr dazwischen passt. Es ist dort oben. Ich habe es im Urin.«

»Ich hoffe es, denn wenn wir ohne Ergebnisse heimkommen, wird dir Hitchins wegen der Kostenabrechnung die Eier abschneiden.«

»Es ist dort oben«, wiederholte Noble flüsternd.

***

So lautete Nobles Mantra schon seit Wochen … seit Mike mit dem Reisebericht aufgetaucht war und ihnen erklärt hatte, worum es sich dabei seiner Meinung nach handelte. Jess hatte diesen speziellen Tag noch vollkommen klar im Gedächtnis, an dem gewaltige Hoffnungen und Träume geboren worden waren und mit ihnen auch das Unternehmen, das die vier zu dieser abgeschiedenen Berghütte gelockt hatte.

»Wir haben es hier mit dem detaillierten Reisebericht einer Gruppe von Minensuchern aus dem achtzehnten Jahrhundert zu tun«, hatte Mike ihnen offenbart, als sie zusammen an einem Tisch im leeren Gemeinschaftsraum der Firma gesessen hatten. Dann hatte er ein zerfleddertes, ledergebundenes Buch in ihre Mitte gelegt. »Ich war unten im Firmenarchiv und habe Nachforschungen über Mineralienfunde in den Rockies angestellt. In der Gegend um Banff, um genau zu sein. Ich habe den Bericht dabei zwischen zwei Schachteln voller Gesteinsproben gefunden. Anscheinend hat sich schon seit Ewigkeiten niemand mehr für diese Proben und Unterlagen interessiert, so verstaubt, wie sie waren.«

»Und wieso bist du deswegen so aufgeregt?«, fragte Noble genervt. »Als wäre es eine verdammte Schatzkarte.«

»Im Prinzip stimmt das sogar. Es hat eine ganze Weile gedauert, bis ich auf das eigentlich Wichtige gestoßen bin. Es handelt sich dabei um ein Tagebuch, vollgestopft mit langweiligen Einzelheiten, aber es gelang mir, genug Fakten daraus zu ermitteln, um eine Landkarte zeichnen zu können.«

»Schön für dich«, sagte Noble in einem sarkastischen Tonfall. »Kannst du vielleicht endlich mal auf den Punkt kommen? Ich habe nämlich gleich einen Termin beim Big Boss.«

»Ja, ja, ist schon gut«, murmelte Mike enttäuscht. »Die beschriebene Expedition ist damals gescheitert und es gab nur einen einzigen Überlebenden. Bevor dieser entkommen ist, haben sie allerdings das Gesuchte gefunden … eine leicht abbaubare Goldader in einem Höhental, nordwestlich von Jasper. Falls das wahr ist, was hier steht, werden wir schon bald sehr, sehr reich werden.«

Nobles Unerschütterlichkeit schwand plötzlich, und sie brachten die folgende Stunde nun mit Diskussionen über den Bericht und Mikes Schlussfolgerungen daraus zu. Keiner von ihnen konnte einen Fehler in dessen Ausführungen erkennen und besonders Noble wurde daraufhin von Minute zu Minute enthusiastischer.

Nach dieser schicksalhaften Zusammenkunft debattierten und stritten sie sich wochenlang über die beste Vorgehensweise und fassten schließlich einen Plan. Noble schaffte es, den Trip als Suche nach Uranerz zu tarnen, sodass sie ihn auf Firmenkosten unternehmen konnten. Sollten sie an der von Mike prophezeiten Stelle tatsächlich Gold finden, hatten sie vor, sofort einen Claim abzustecken und ihn auf ihre Namen registrieren zu lassen.

***

Sämtliche Vorstellungen von Glück und Reichtum, denen sie zu Hause nachgehangen hatten, wurden hier draußen in der Natur fast plastisch greifbar.

Als Jess ihren Becher geleert hatte, ging sie in die Hütte zurück, in der der Jüngere ihrer beiden Führer, Danny, gerade am Ofen damit beschäftigt war, zwei Dosen Eintopf in einen Topf zu kippen. Dabei strahlte er sie von einem Ohr zum anderen an.

Ich habe die ganzen Strapazen doch nicht auf mich genommen, um hier oben so einen Fraß zu essen, dachte sie und drehte sich zu Mike um, der dem älteren Bergführer gerade den Reisebericht zeigte.

»Ich habe es Noble schon gesagt und ich sage es jetzt auch Ihnen«, grummelte der breit gebaute Hüne. »Reiseberichte und irgendwelches altes Minensuchergarn, das Sie irgendwo aufgestöbert haben, gehen mir am Allerwertesten vorbei. Das ist doch bloß irgendein Märchen, eine Lagerfeuergeschichte, die jemand erfunden hat, um anderen Leuten einen Schrecken einzujagen. Das ist derselbe Blödsinn wie Bigfoot.«

Mike wedelte aufgeregt mit dem Bericht vor Gus Gesicht herum.

»Das dachten wir am Anfang auch, aber das hier ist wirklich authentisch. Das Alter der Tinte und des Papiers stimmen haargenau überein. Außerdem habe ich die Sterbeurkunde des Verfassers in Banff aufgespürt. Es gibt sogar einen kleinen Ausschnitt aus einer zeitgenössischen Lokalzeitung, der über die drei Jäger berichtet hat, die den Verfasser halb tot herumirrend am Fuß der Berge aufgegabelt haben.«

»Na klar doch und vollkommen verrückt war er garantiert noch dazu. Unsere Gipfel hier haben manchmal einen merkwürdigen Einfluss auf die Menschen. Das habe ich schon mit eigenen Augen gesehen. Ich sage es Ihnen also gern noch einmal: Es gibt kein Tal der träumenden Indianer, denn ich kenne jeden Fleck hier oben in- und auswendig.«

Noble fischte Mike den Bericht aus den Händen und zog die Karte heraus, die die vier mithilfe verschiedener Bucheinträge angefertigt hatten. Er deutete auf einen bestimmten Punkt auf der Karte und fragte: »Wir sind doch jetzt hier? Richtig?«

Gus schob den Finger zwei Zentimeter nach links. Als er die Route, die Nobles Finger auf der Karte beschrieb noch einmal begutachtete, weiteten sich unwillkürlich seine Augen. »Da müssen wir rauf«, behauptete Noble.

»Das ist viel zu steil«, widersprach ihm Gus. »Außerdem liegt Ihre Endstation deutlich oberhalb der Schneegrenze und der Weg ist selbst zu dieser Jahreszeit absolut unpassierbar. Dort oben lebt nichts, also geht dort auch niemand auf die Jagd. Ich kenne keinen, der je versucht hat, dort hinaufzukommen. Wahrscheinlich war dort noch nie irgendjemand.«

Noble grinste triumphierend. »Doch! Die besagte Expedition vor knapp hundertfünfzig Jahren. Mit unserer Ausrüstung und Ihrer Erfahrung schaffen wir diese Strecke auch.«

»Sie haben vorher nie etwas davon gesagt, dass Sie so hoch rauf wollen«, protestierte Gus. »Wenn ich das gewusst hätte, hätte ich den Auftrag gar nicht erst akzeptiert. So etwas ist selbst für Leute, die oft in den Bergen sind, äußerst riskant. In dieser Höhe kann ich einfach nicht für Ihre Sicherheit garantieren.«

»Ich verrate Ihnen etwas«, erwiderte Noble. »Wenn Sie uns in das Tal bringen, haben Sie für Jahre finanziell ausgesorgt, denn wenn wir finden, was wir suchen, werden die Leute scharenweise dort hoch und runter wollen … und für diese Leute ist ein versierter Bergführer von Ihrem Format absolut unentbehrlich.«

Jess konnte die Registrierkasse, die in Gus Gehirn losratterte, fast hörten. Noble bekleidete nicht umsonst den Chefposten in der Verkaufsabteilung. Er konnte einem Trottel das letzte Hemd abschwatzen, oder auch einen Bergführer dazu überreden, ein Wagnis einzugehen, auf das er sich normalerweise nie einlassen würde.

»Was meinst du, Danny?«, fragte Gus. »Bist du bereit für ein Himmelfahrtskommando? Für dich würden vierzig Prozent rausspringen.«

Der Jüngere der beiden Bergführer lächelte. »Mehr Kohle für Bier hat doch noch niemandem geschadet.«

Geht doch, dachte Jess.

***

Nachdem sie den schwer verdaulichen Eintopf gegessen und einiges mehr an Kaffee heruntergeschüttet hatten, schien Gus immer noch über den Deal nachzugrübeln.

»Okay«, sagte er schließlich. »Wir klettern da hoch, aber dann muss ich auch wissen, wieso. Was gibt es dort so gottverdammt Wichtiges, dass ihr Städter ein so gefährliches Abenteuer in der Wildnis wagen wollt?«

Mike öffnete daraufhin den Reisebericht und las eine Passage vor, die Jess schon beinahe auswendig kannte.

An der Stelle, an der die Goldader am Eingang des Stollens zutage tritt, ist sie fast zwei Meter dick und sie scheint tiefer im Felsen noch mehr anzuschwellen. Mit dem richtigen Werkzeug und tauglicher Ausrüstung könnten wir einen Reichtum erlangen, der sogar den legendären Krösus armselig wirken lässt.

Gus dröhnendes Lachen hallte von den Wänden wider. »Und ich habe gedacht, ihr wollt Bigfoot einfangen.

Hier in den Bergen gibt es mehr vergessene Minen, als ich in meinem Leben an Mahlzeiten verputzt habe.« Er tätschelte seinen Bauch. »Und das waren etliche, wie ihr sehen könnt.«

»Der Bericht ist wahr«, insistierte Noble trotzig. »Wir haben ihn zur Genüge überprüft.«

Gus lachte wieder. »Sie wiederholen sich. Vielleicht ist er das ja auch, aber der Kerl, der ihn geschrieben hat, hatte im Hirnkästchen eindeutig einige Schrauben locker. In den Bergen haben schon etliche Männer den Verstand verloren. Wer weiß denn, ob er nicht einfach irgendwelche Hirngespinste in sein Buch gekritzelt hat … irgendwelche verrückten Einbildungen.«

»Die Mine ist real«, beharrte Noble.

Die Aussicht auf Reichtum verdrängte alle anderen Gedanken in Nobles Kopf. Jess war sich hingegen durchaus im Klaren darüber, dass der Bericht auch andere Passagen enthielt, die Gus Skeptizismus untermauerten. Derart verrückt, wie diese waren, hatten sie sich in einer Endlosschleife in ihrem Gedächtnis eingenistet und weigerten sich nun von dort zu verschwinden.

Der Tiger hat letzte Nacht Franks geholt, während er gemeinsam mit Jeffries Wache geschoben hat, obwohl die beiden ein beachtliches Lagerfeuer entfacht hatten. Die Bestie scheint keinerlei Angst zu fühlen, weder vor uns noch vor den Flammen. Sie hat Franks einfach gepackt und ihn in die Finsternis der Nacht gezerrt, bevor Jeffries ihr Auftauchen überhaupt bemerkt hat. Franks laute Schreie und deren Echo von den Bergwänden raubten uns allen den Schlaf. Seine Leiden währten aber glücklicherweise nur kurz.

»Das muss ein Berglöwe gewesen sein«, hatte Noble damals behauptet. »In der Dunkelheit hat sie halt das große Nervenflattern überfallen, das ist alles.« Im Anschluss daran hatte er sich die Lektüre der merkwürdigen Inhalte der Notizen einfach gespart und sich sogar geweigert, darüber zu diskutieren.

Sobald Noble weg gewesen war, hatten Jess, Mike und Erik neugierig darin gelesen und versucht die reale Bedeutung der ihrer Meinung nach fantastischen Begebenheiten zu erfassen. Lediglich die Tatsache, dass Mike die Lage des Tals punktgenau hatte bestimmen können und die Kohärenz der vorderen Seiten des Berichts, erlaubten es Jess, ihre Zuversicht aufrechtzuerhalten. Denn die hinteren Seiten, die mit einer Mischung aus zusammenhanglosen Fragmenten mit wenigen Sätzen und selbst angefertigten Skizzen des Autors vollgeschmiert waren, boten genug Gründe, trübe Gedanken zu wälzen.

Johnson will die Höhle nicht mehr verlassen. Das Goldfieber hat ihn vollständig erfasst, aber er fürchtet auch die Schrecken, die das Tal für uns bereithält. Wir müssen ihn zurücklassen. Wir sind hier unerwünscht.

Sie haben Williamson aufgefressen. Er hat noch gelebt, als sie seine Leber herausgerissen haben. Ich konnte ihm nicht helfen. Ich bin einfach davongerannt. Gott vergib mir.

Der Tiger hat mittlerweile meine Witterung aufgenommen. Ich kann hören, wie er mir folgt. Ich habe mich mit dem Kot der Waldelefanten beschmiert, um meinen Geruch zu überdecken. Großer Gott, ist das ekelhaft.

Mir bleibt wenig anderes übrig, als zu klettern und mich zu verstecken … klettern … und … verstecken. Es ist bitterkalt und über mir kreisen unentwegt die Adler und beobachten mich. Zumindest sind mir die anderen Bestien nicht nach hier oben gefolgt. Bis jetzt zumindest … noch haben sie unten genug Fleisch zum Fressen. Gott verzeih mir, denn ich habe sie im Stich gelassen.

DAMALS

Ich kann kaum glauben, dass wir uns nur aufgrund einer Legende und aus einer Laune heraus bis zu solchen Höhen hinaufgekämpft haben. Johnson vertraut immer noch eisern auf die Wahrhaftigkeit der Geschichte, die ihm der Indianer erzählt hat. Nun sind wir also hier – weit abseits aller gangbaren Wege und werden auf Gedeih und Verderb weiter klettern, geleitet von einem alten Indianer, der seine Sinne vielleicht gar nicht mehr ganz beisammen hat.

Trotz seines Alters zeigte er uns jüngeren Männern, wie eine richtige Bergbesteigung vonstattengeht. Er legte dabei ein Tempo vor, bei dem wir kaum mithalten konnten. Nach den Anstrengungen des heutigen Tages, bin ich mir ungewiss, ob meine Beine mich morgen auch nur noch einen einzigen Schritt weiter zu tragen vermögen. Doch die verdiente Nachtruhe in unserem Zelt mag dem vielleicht Abhilfe verschaffen. In der Mitte unserer im Kreis aufgebauten Zelte flackert ein starkes Feuer. Die Brise ist genauso kalt wie befürchtet. Die pelzgefütterte Jacke, die ich in Banff erworben habe, leistet mir gute Dienste, dennoch wünschte ich mir ein zusätzliches Paar Socken herbei, denn meine Füße gleichen mittlerweile Eiszapfen.

Wir alle sitzen im selben Boot, deshalb besteht auch kein Grund zur Klage. Unser Aufenthalt hier ist für uns alle aufregend und eine gegenseitige Kameradschaft und Freude herrscht vor, die uns den Erfolg gestatten wird, trotz unserer Wehwehchen.

Der greise, indianische Führer beförderte uns zur ersten Zwischenstation und wir dankten ihm herzlich dafür. Doch nun besteht er darauf, nicht weiter vordringen zu wollen. Er glaubt, dass das Tal der träumenden Indianer ein heiliger, seinen Göttern geweihter Ort ist, dessen Störung ihn zu Unglück auf der Jagd verdammen würde. Natürlich ist das lediglich abergläubisches Gewäsch, dennoch hat er die lächerlich hohe Geldsumme, die ihm Johnson offeriert hat, zurückgewiesen und eisern an seiner Entscheidung festgehalten.

Ab morgen werden wir also allein voranschreiten.

Doch seine Weigerung wird uns nicht aufhalten, denn der Indianer hat uns mit detaillierten Instruktionen ausgestattet und außerdem eine einfache Karte für uns angefertigt, die uns direkt zu unserer Bestimmung bringen wird.

Ich schreibe dies, während ich vor dem Eingang unseres größten Zeltes sitze, in dem wir uns heute Nacht zur Ruhe betten werden; eng aneinandergepresst, um keine Wärme zu vergeuden. Drinnen ist Williamson bereits dem Schlaf anheimgefallen. Der Schnaps zeigt auch bei den übrigen Männern schon Wirkung, daher werden sie bestimmt bald ebenfalls einschlummern. Ich hingegen möchte noch ein wenig wach bleiben und den Sternenhimmel genießen.

Zum ersten Mal seit Monaten, seit wir den Plan zu dieser Mission ausgeheckt haben, erfüllt mich Zuversicht. Denn hier oben herrscht eine Ruhe, die meine Seele rührt. Falls das Gold wirklich existiert und ich einen Anteil daran für mich gewinnen kann, werde ich mich wahrscheinlich für den Rest meiner Tage in eine Gegend wie diese zurückziehen. Schon heute träume ich von der herrlichen Einsamkeit im majestätischen Glanz der Berge.

So kurz vor unserem Ziel erscheint mir dieser Traum plötzlich greifbar nahe.

Zweifelsfrei sind wir nicht die Ersten, die alle Hoffnungen auf einen Schatz setzen, der im Gestein verborgen sein könnte, oder auch nicht, und wir werden sicherlich auch nicht die Letzten sein. Aber, Gott sei mein Zeuge, unsere Bemühungen werden von einem Triumph gekrönt sein, denn meine Seele verlangt danach.

DANNY

Danny konnte die Siegesgewissheit in Nobles Augen erkennen, wann immer dieser über das Gold sprach. Er nahm aber auch die Blicke, die sich die anderen drei währenddessen zuwarfen, wahr. Die beiden anderen Männer und die Frau blieben offenbar gern unter sich und Danny wusste gut genug, wie sich Angst äußert, um das nervöse Flackern in Eriks Augen interpretieren zu können. Natürlich waren sie hinter dem Gold her … Narrengold, wenn man Gus Glauben schenken durfte. Mit Sicherheit beschäftigte sie darüber hinaus aber noch etwas anderes. Was es war, würde Danny heute Nacht allerdings nicht herausfinden können.

Nach dem Zähneputzen und einer Katzenwäsche mit eisigem Wasser aus der Regentonne legten sich alle ohne größeres Gerede auf die Pritschen. Sie schliefen komplett angezogen, obwohl es in der Hütte ziemlich warm war, nachdem der Ofen mehrere Stunden lang geheizt hatte.

Am Morgen war die Wärme allerdings verflogen und es gehörte zu Dannys Aufgaben, etwas dagegen zu unternehmen. Leise fachte er also den Ofen wieder an, bevor er nach draußen stapfte und sich, vor der Kulisse der Rockies, über den Rand der Veranda erleichterte. Dabei beobachtete ihn ein neugieriges Eichhörnchen.

Als die Städter endlich aufwachten und vor Schmerz jammerten, hatte Danny bereits den ersten Kaffee des Tages aufgebrüht. Die kurze Spanne zwischen dem Frühstück und den Vorbereitungen für die Weiterreise bot kaum Gelegenheit für ausschweifende Konversationen. Er half Jess stattdessen draußen bei der Einstellung der Schulterriemen ihres Rucksacks, der deutliche Spuren früherer Trips zeigte.

»Du hast so etwas offenbar schon öfter gemacht«, stellte er fest. »Denn du hast bequeme Klamotten an.«

»Damit komme ich aber auch nicht schneller vorwärts. Ich habe tatsächlich schon einige Bergtouren hinter mir, so hoch hinaus, wie es heute geht, bin ich allerdings auch noch nie gewesen. Ich war hauptsächlich an der Westküste wandern und zelten, in der Gegend, wo ich geboren wurde, bei New Brunswick. Im Herzen bin und bleibe ich wohl ein Landmädel.«

»Man merkt es.« Die Worte waren Dannys Lippen kaum entschlüpft, da wurde ihm klar, dass sie das durchaus missverstehen könnte. »Ich wollte nicht … ich meine …«

Sie lachte. »Ich weiß, dass du das nicht wolltest. Kannst du mir einen Gefallen tun und heute bitte besonders auf Mike und Erik aufpassen? Noble hängt ständig im Fitnessstudio rum, er ist in guter Form und sein schierer Wille treibt ihn schon von ganz allein an. Ich schätze aber mal, dass die anderen beiden keinen Schimmer haben, was ihnen heute blüht. Sie könnten uns also Stress machen.«

»Ich werde mich um sie kümmern und sie schon in der Spur halten, und Gus wird dort oben ganz bestimmt keinen leichtsinnigen Unfug zulassen.«

Endlich war sie da, die Chance auf eine längere Unterhaltung mit Jess, bei der Danny vielleicht herausfinden konnte, was die Stadtmenschen so sehr bedrückte.

Doch da rief Gus plötzlich nach ihm, und der Moment war verflogen. »Beweg deinen Arsch hier rüber, unsere Zeit ist kostbar. Ich möchte oben sein, bevor es heute Abend zu dämmern anfängt.«

»Ich beweg meinen Arsch ja schon, Chef«, entgegnete Danny lautstark, womit er sich ein weiteres Lächeln von Jess einheimste, bevor er sich umdrehte.

Fünf Minuten später waren sie bereits unterwegs.

***

Gus marschierte an der Spitze, Noble und Jess unmittelbar dahinter. Dann kamen Mike und Erik, denen eine lebhafte Diskussion über den letzten Star-Wars-Film Ablenkung von ihren Blasen verschaffte. Danny bildete das Schlusslicht.

Nach nur zehn Minuten wusste er, dass es ein zäher Tag werden würde, denn Gus, Jess und Noble hatten bereits vierzig Meter Vorsprung und Erik beschwerte sie in einer Tour über die harte Steigung, die Fliegen, die Kälte und was ihm sonst noch einfiel. Danny wünschte sich insgeheim, der Kerl würde in einen Haufen Elchmist treten, damit er wirklich etwas hätte, wofür sich seine Meckerei lohnen würde.

»Kommt schon, Kumpels«, trieb Danny die beiden unentwegt an. »Gus ist absolut verrückt nach Kaffee. So wie ich ihn kenne, werden wir bestimmt bald die erste Pause einlegen.«

Das war eine glatte Lüge, denn Gus konnte ohne Probleme einen halben Tag lang ohne Unterbrechung wandern … wenn es sein musste, sogar einen ganzen.

Doch davon haben sie keinen Schimmer.

In der nächsten Viertelstunde wuchs die Distanz zu dem Trio weiter vorn stetig an und Danny verlor die drei bereits komplett aus der Sicht, wenn sie um Ecken oder Felsvorsprünge bogen. Bedenken plagten ihn deswegen allerdings keine, denn der Pfad war zwar schmal aber leicht erkennbar und – zumindest bis jetzt – ohne gefährliche Stellen, an denen man abstürzen konnte.

Die kommen erst später.

Das sollte er aber wohl besser nicht laut sagen, denn er ahnte bereits jetzt, dass auf die beiden Männer vor ihm schwere Prüfungen zukommen würden, wenn sie erst einmal in das richtige Gebirge kamen, und damit hinein in raueres Wetter und klirrende Kälte. Hoffentlich litt keiner der Typen unter Höhenangst, denn wenn dem so war, würden sie garantiert niemals im Tal eintreffen.

Als Erik mal wieder über die Blase an seinem Zeh maulte, schaltete Danny seine Ohren einfach auf Durchzug.

Nun, da sie sich ein gutes Stück jenseits der Baumgrenze bewegten, hatten sie endlich freie Sicht nach Norden, zu den blauen Felstürmen mit den weißen Spitzen, die sich vor einem grauen Himmel abzeichneten, an dem dicke Wolken die Sonne verdeckten. Den Hang im Nordosten, den sie erklimmen würden, berührten grundsätzlich nur selten Sonnenstrahlen, selbst im Hochsommer. Von den Höhenzügen blies ein frostiger Wind herab, ein Vorbote, von dem, was ihnen dort drohte. Hinter ihnen reichte die Wildnis fast so weit, wie man sehen konnte. Lediglich eine Eisenbahnlinie, auf der regelmäßig Güterzüge durch einen Bergpass ratterten, zeugte von menschlicher Zivilisation.

Gefühlt lag Jasper hundert Meilen weit entfernt, und für Danny war das vollkommen in Ordnung. Sein Sommer war bisher eher mies verlaufen, denn er hatte kaum vernünftige Jobs an Land ziehen können. Ein paar Wochenenden hatte er in einer Bar an der Theke geschuftet, ansonsten hatte es nur einige Tage als Aushilfe bei der Müllabfuhr und als Hilfspolizist für Verkehrskontrollen gegeben. Jede Arbeit war gefühlt schlechter als die andere bezahlt worden und alle waren zum Schreien stumpfsinnig gewesen. In der freien Natur hingegen fiel der ganze Ärger jetzt langsam von ihm ab. Als er das letzte Mal in den Bergen gewesen war, hatte er sich genauso lebendig gefühlt. Er grübelte jetzt über Nobles Bemerkungen von gestern Abend nach … darüber, dass in Kürze Ströme von Menschen hierherkommen würden, die alle einen Führer benötigten. Danny fantasierte gerade über einen festen Job in dieser Branche, als er plötzlich in Erik hineinlief, weil dieser wie angewurzelt stehen geblieben war.

Die Wanderung dauerte noch keine dreiviertel Stunde, und Danny konnte die Hütte, von der aus sie losmarschiert waren, sogar noch mit bloßem Auge erkennen, und doch schien es so, als sei der Stadtmensch vor ihm schon am Ende seiner Kräfte.

»Ich kann das einfach nicht«, klagte er und ließ sich stöhnend auf die Erde fallen. »Was für eine bescheuerte Idee.«

Mike wirkte, als wolle er etwas sagen, doch Danny kam ihm zuvor: »Soll mir recht sein, denn bezahlt werde ich so und so. Da entlang geht es runter zur Hütte. Dann mal Tschüss. Ach ja, dort befindet sich leider nichts zu mehr Futtern, kein Kaffee und kaum Wasser bis zum nächsten Regen. Aber ich bin mir sicher, Sie haben alles unter Kontrolle, bis wir wieder da sind. Gus schätzt, dass es in ein paar Tagen soweit sein wird. Passen Sie aber auf die Bären auf, denn um diese Jahreszeit herum rennen hier echt üble Viecher rum.«

Erik war bereits ganz weiß im Gesicht, dennoch trieb es Danny jetzt auf die Spitze: »Natürlich könnten Sie auch versuchen, bis zu den Autos zu laufen. Sie haben sich den Weg ja bestimmt gemerkt, oder etwa nicht?«

Danny wartete gar nicht erst auf eine Antwort, sondern ging einfach an dem Sitzenden vorbei. Er packte Mike am Ellbogen und sagte: »Los geht's. Jetzt sind wir nur noch zu zweit. Ohne ihn kommen wir garantiert schneller vorwärts.«

Er drehte sich erst wieder um, als er Erik in seinem Rücken protestierend schreien hörte. »Warten Sie. Ich musste doch bloß ein wenig verschnaufen. Alles in Ordnung.«

Mike grinste Danny verschwörerisch an, als dieser Erik aufmunternd auf die Schulter klopfte, nachdem er sie eingeholt hatte. Zusammen liefen sie jetzt in dem gleichen Schneckentempo wie zuvor weiter.

Wenigstens ist mit dem Rumgeheule erst mal Schluss.

***

Nach einer halben Stunde erklommen sie endlich einen Hügelkamm, auf dessen Scheitel Gus und die anderen gerade ihr Kaffeegeschirr verstauten, und dabei waren, wieder aufzubrechen.

»Wenn ihr pro Stunde zehn bis fünfzehn Minuten zu uns verliert«, erklärte Gus, »werdet ihr erst im Dunkeln im Höhenlager eintreffen. Ihr nehmt jetzt also besser mal die Beine in die Hand. Passt auf herabfallendes Geröll auf, denn gleich wird es sehr steil und der Boden ist nicht besonders fest in dieser Gegend. Es kann also sein, dass wir unabsichtlich Dreck auf euch herabregnen lassen.«

Nachdem Danny Kaffee gekocht hatte, drängte er Mike und Erik dazu, sich zu beeilen, da Gus und die anderen beiden inzwischen nur noch als kleine Striche oben auf dem Berg zu sehen waren.

»Sie haben gehört, was Gus gesagt hat. Sie können auch im Laufen etwas trinken. Ich will nach Sonnenuntergang nämlich ganz bestimmt nicht mehr hier draußen rumlaufen, und Sie können mir gern glauben, dass Sie das auch nicht wollen.«

Er rechnete mit einem Aufstand, aber die Städter waren offenbar schon zu müde, um Widerworte zu geben und marschierten einfach kommentarlos weiter, nachdem Danny den Gaskocher und die Kaffeekanne in den Rucksack zurückgepackt hatte.

***

Dannys Pflichten für den Rest des Tages erforderten es, seine beiden Schützlinge abwechselnd dazu zu ermuntern, einen Fuß vor den anderen zu setzen und in Bewegung zu bleiben. Ihre Route schlängelte sich teilweise steil an in Abgründe abfallende Klippen vorbei und Mike und Erik schafften es nur weiterzugehen, indem sie die ganze Zeit ausschließlich auf ihre Füße starrten.

Gegen Mittag schlossen sie endlich zu den anderen auf, als diese gerade dabei waren nach einer Pause wieder aufzubrechen. Danny kochte einen Eintopf, den die Bürohengste ohne Genuss verspeisten, dann stachelte er sie an, aufzustehen und weiterzulaufen.

Bereits ab dem späten Nachmittag schwand das Tageslicht. Sie kamen der Schneegrenze immer näher und die Kälte wurde nun beißend. Weiter oben, im Übergangsgebiet zwischen Felsen und Schnee, flatterte etwas Grünes. Gus baute offenbar das Camp auf. Danny rechnete noch mit einer weiteren Stunde Kletterei, um ihn zu erreichen.

Im Endeffekt wurden es fast zwei Stunden. Sie trafen in fast vollkommener Dunkelheit an der Felsplatte ein. Schuld war dieses Mal Mike und nicht Erik, der sie extrem aufgehalten hatte, nachdem sich die Blase an seiner Ferse in eine offene Wunde verwandelt hatte. Pflaster hatten nicht mehr ausgereicht, um der Blutung Einhalt zu gebieten, und sie hatten anhalten müssen, damit Danny ihm einen Feldverband aus seiner Erste-Hilfe-Tasche, die er hier oben immer bei sich trug, anlegen konnte. Danach konnte Mike eine Weile besser auftreten, aber kurze Zeit später fing er wieder an zu humpeln. Das letzte Stück stützten ihn Danny und Erik unter den Achseln, bis sie ihn erschöpft am Rande des Nachtlagers absetzten.

»Schön, dass ihr auch mal vorbeischaut«, begrüßte sie Noble, woraufhin ihm Mike den Mittelfinger entgegenstreckte, obwohl ihn das Anheben des Unterarms offenbar einige Mühe kostete.

Dannys Rücken und Beine schmerzten ebenfalls, aber er hatte noch keinen Feierabend, denn er musste jetzt ihr Zelt komplett allein aufstellen, da weder Erik noch Mike fit genug waren, um ihm dabei helfen zu können. Gus lachte, als Danny ihm einen bittenden Blick zuwarf und Noble ignorierte ihn kurzerhand. Jess hingegen erhob sich, um ihm zu helfen, als er die Zeltteile auswickelte.

»Danke.«

»Kein Thema. Ich danke eher dir, dass du unsere beiden Schäfchen sicher hier raufgebracht hast.«

Als sie mit dem Aufbau fertig waren, beanspruchten die vier Zelte fast die gesamte Fläche der Gesteinsplatte. Danny teilte sich eines mit Gus, Noble und Jess hatten ein eigenes, und das Letzte war für die anderen zwei Männer reserviert.

Mike und Erik erweckten den Anschein, als hätten sie die erforderliche Nachtschwere bereits in den Gliedern und als könnten sie eine Woche ohne Pause durchschlafen, dabei war es erst sieben Uhr. Sobald sie gegessen und getrunken hatten, krochen die beiden tatsächlich in ihre Schlafsäcke. Die restlichen vier kauerten sich das letzte Mal um den tragbaren Ofen herum, denn so weit oberhalb der Baumgrenze würde es bald kein Holz mehr geben, um ihn schüren zu können.

»Höher als hier war ich noch nie«, verkündete Gus. »Mein alter Herr hat mich vor dreißig Jahren genau an diesen Ort gebracht. Soviel ich weiß, war seitdem keiner außer mir mehr hier, geschweige denn weiter oben.«

»Genauer gesagt, seit hundertfünfzig Jahren nicht mehr«, ergänzte Noble. »Wie hart wird es morgen werden?«

»Noch wesentlich härter als heute«, erklärte Gus.

Danny war froh, dass Erik und Mike gerade wie Tote schliefen und ihn nicht hörten. Auch so würde er morgen schon genug Schwierigkeiten haben, sie in die Puschen zu kriegen.

»Die beiden hier sind ganz ordentlich geklettert«, meinte Gus widerwillig. »Besonders sie … und das ohne irgendwelche Klagen. Nicht so, wie unsere zwei Spezialisten da drüben.«

»Danke auch noch mal dafür, dass ich ihre Händchen halten darf«, antwortete Danny, während Gus aus seinem Rucksack eine Flasche Rum fischte. »Ich habe keine Ahnung, wie es mit denen weitergehen soll.«

»Wir sind schon viel zu hoch oben«, erwiderte Gus, öffnete die Flasche und goss einen großen Schuss in seinen Kaffeebecher. »Allein können sie schlecht zurückfinden und hierbleiben können sie auch nicht einfach. Das ist zu riskant. Also werden sie mitkommen müssen.«

Danny hatte gerade keine Lust auf eine Diskussion, also beschränkte er sich darauf, so viel Kaffee mit Rum wie nur möglich runter zu kippen. Deshalb saßen sie, unter einem Himmel voller Sterne, Wolken und einem Dreiviertelmond, stumm da.

Danny hielt Gus gerade seinen Becher hin und wollte einen neuen Schuss Rum in Empfang nehmen, als ein schrilles Kreischen die Stille zerriss. »Was zur Hölle …?«, fragte er erschrocken, ohne zu bemerken, dass der Rum gerade hauptsächlich über seinen Handrücken und dann auf den Boden anstatt in den Becher rann.

»Ein Adler. Das muss ein Adler gewesen sein«, antwortete Gus.

»Es klang aber riesig.«

Gus nippte an seinem Becher.

»Oder etwa nicht?«, fragte Danny nach.

JESS

Als der Morgen graute, kratzte Jess Eiskristalle von der Stelle ihres Schlafsacks ab, gegen die sie im Schlaf geatmet hatte. Draußen tauchte die Sonne das unten liegende Tal in helles Licht. Doch keine ihrer Strahlen fand einen Weg zu ihrer Position im Schatten einer hohen Felsnase in den nordöstlichen Hängen der Rocky Mountains. In der Ferne glitzerten die Gipfel auf der anderen Seite des Tals golden und durch das Camp waberte frischer Kaffeeduft.

Tausendmal schöner als Toronto während der Rush-Hour, dachte Jess.

Ihre gute Laune hielt allerdings nur solange an, bis sie am tragbaren Ofen eintraf, neben dem gerade ein heftiger Streit tobte.

»Ich kehre garantiert nicht um, nur weil ihr zwei hier schlappmacht«, brüllte Noble.

»Ich habe ja gar nichts von Umkehren gesagt«, erwiderte Mike bissig.

Noble reckte den Arm vor und sein ausgestreckter Zeigefinger stach beinahe gegen Eriks Nase.

»Er hat den Vorschlag gemacht ...«, verdeutlichte Mike.

»... eine Pause einzulegen«, fügte Erik hinzu.

Noble lachte bitter und deutete auf Gus und Danny. »Ich bezahle diese Typen aber nicht dafür, faul auf dem Arsch zu hocken, während ihr euch hier ausruht. Wir gehen da hoch, und zwar noch heute. Wer weiß, was für ein Wetter wir morgen haben.«

»Ich bin aber nicht sicher, ob ich das packe«, sagte Erik stöhnend. »Nicht, wenn es wie gestern wird.«

Jess fielen unwillkürlich Gus Worte von gestern Abend ein, als dieser angekündigt hatte, dass es heute sogar noch wesentlich schwieriger werden würde. Doch sie hielt den Mund. Das hier war Nobles Auftritt, und er sprühte nur so vor Entschlossenheit. Und – genauso wie daheim im Büro – üblich, knickten Erik und Mike schließlich ein und zogen Grimassen schneidend und jammernd ihre Stiefel an.

Noble wollte direkt zum Abmarsch ansetzen, aber der Kräftigere der Bergführer bremste ihn aus.

»Heute klettern wir alle in einer geschlossenen Gruppe, denn weiter oben ist es einfach zu riskant für eine Trennung. Wir begeben uns schließlich auf vollkommen unbekanntes Territorium.«

»Die sind uns aber doch nur ein Klotz am Bein«, protestierte Noble.

»Das müssen Sie mir nicht sagen«, antwortete Gus gedehnt. »Doch Sie haben die beiden angeschleppt.«

Zehn Minuten später waren sie unterwegs. Noble hatte seit der Unterhaltung kein einziges Wort mehr gesprochen.

Danny und Gus trugen ihre Gewehre nicht mehr über der Schulter, sondern in den Händen. Sie erweckten dabei zwar einen lässigen Eindruck, aber sie beobachteten die Umgebung ganz genau.

Wenn sie es für nötig halten, ein Auge offenzuhalten, überlegte Jess, *sollte ich das vielleicht auch tun.*

***

Gus behielt recht.

Die heutige Tour war um einiges anspruchsvoller als die gestrige. Jess Wadenmuskeln taten schon nach einer halben Stunde weh. Doch wenigstens scheuchte sie der bullige Kerl nicht allzu heftig und achtete aufmerksam darauf, dass Mike und Erik dem angeschlagenen Tempo standhalten konnten.

Noble an der Spitze hingegen kletterte manchmal weit vor ihnen, stoppte dann und veranstaltete anschließend eine Show, weil ihm alles viel zu lange dauerte.

»Der ist ja echt ein ziemlicher Arsch«, meinte Danny recht laut, als Jess näher zu ihm ging.

Sie lächelte und entgegnete deutlich leiser: »Streich das ziemlich. Aber leider ist er auch der Boss.«

Danny lachte. »Aber nicht hier oben. Falls er versucht, mit Gus eine Alpha-Männchen-Nummer durchzuziehen, weiß ich genau, auf wen ich mein Geld setzen werde.«

Mikes und Eriks malträtierten Füßen schien die notdürftige Verarztung am Morgen gutgetan zu haben. Sie hatten zwar nach wie vor keinen Spaß an der Wanderung, doch sie hielten ihre Geschwindigkeit auf dem schmalen Pfad, der an manchen Stellen in der Breite kaum mehr als dreißig Zentimeter maß, tapfer bei. Gelegentlich trat einer aus der Gruppe auf lockeres Geröll, das dann gefährlich unter der Schuhsohle wegrutschte. Zunächst war die Schneedecke nicht geschlossen, doch nach einer Stunde bedeckte sie den Boden flächendeckend in einer Tiefe von zweieinhalb Zentimetern und wurde zunehmend dicker. Die Gipfel wirkten plötzlich unerreichbar fern und Jess konnte keinerlei Anzeichen einer Passage hin zu einem Tal erkennen.

Bei ihrer ersten Verschnaufpause, als Gus und Danny gerade Kaffee kochten, wies Noble Erik an, ihre Position via GPS auf seinem Smartphone ausfindig zu machen, um zu überprüfen, ob der eingeschlagene Kurs auch tatsächlich stimmte.

»Wir kommen langsam zu weit nach Norden«, beschwerte sich Noble daraufhin.

»Wir gehen aber nach oben«, antwortete Gus mit einem Lachen. »Ich dachte, da wollen Sie hin.«

Er deutete nach Süden, auf eine schroffe, fast senkrechte Felswand. »Wenn Sie wollen, können Sie natürlich auch gern dort drüben hochklettern. Ich für meinen Teil bevorzuge es, solche Strecken zu umgehen … genauso wie der Hirsch, dessen Trampelpfad wir gerade folgen. Seien Sie klug und machen Sie es wie der Hirsch.«

»Ich bezahle Sie nicht dafür, mir ihr freches Mundwerk anhören zu müssen.«

Gus lachte erneut. »Sie bezahlen mir eindeutig zu wenig, um es nicht zu tun.«

Nobles Wangen liefen daraufhin puterrot an. Zu Jess' Überraschung provozierte er aber keinen Streit. Wäre ihm daheim im Büro jemand derart auf den Schlips getreten, hätte er ihn wahrscheinlich sofort an der Gurgel gepackt.

Er braucht die Bergführer, und die wissen das ganz genau.

»Haben Sie wenigstens eine Ahnung, wohin wir gerade unterwegs sind?«, fragte Erik weinerlich.

»Nein, Sie etwa?«

Erik zeigte zuerst auf seine Karte und dann auf die Steigung vor ihnen. »Wenn ich richtig liege, befindet sich das Tal vier Kilometer entfernt in westlicher Richtung. Falls der Hirschpfad oben etwas nach Süden abdreht, sollten wir direkt auf unser Ziel stoßen.«

Gus grinste. »Hören Sie besser mal auf Ihren Mann, Noble, der quatscht nämlich deutlich weniger Blödsinn als Sie.«

***

Mike und Gus hatten recht. Nach einer weiteren Stunde bog der Wildwechsel hinter dem Felshang auf einem Bergsattel zwischen zwei Felserhebungen ab. Einer der beiden hatte ungefähr die Form einer Pyramide und war komplett schneefrei.

»Wir sind da«, rief Mike aufgeregt. »Der Felsen wird in meinem Bericht erwähnt.« Er angelte das Notizbuch aus seiner Jackentasche, blätterte kurz darin herum und las dann vor:

Wir haben den Bergsattel gegen Mittag überquert. Die Sonne hat uns geblendet und den Schnee von dem Pyramidenfelsen im Westen weggeschmolzen. Der Weg vor uns verwischt im Gelände immer mehr. Doch wir trauen unserem Instinkt und marschieren weiter südlich, über einen niedrigen Gipfel hinweg. Plötzlich gewahrten wir unser Ziel. Unter uns erstreckt sich, in Sonnenlicht gebadet, das Tal.

»Also los«, sagte Noble aufgeregt. »Auf geht's.«

Doch als er zum Bergsattel losstürmen wollte, hielt Gus ihn zurück. »Hier liegt überall Neuschnee. Wir laufen also alle gemeinsam im Gänsemarsch dort hin. Ich gehe vorneweg und der Rest von Ihnen folgt mir langsam in einer Reihe. Wenn ich sage, es ist zu gefährlich, dann ist es zu gefährlich. Kapiert?«

Noble machte ein verständnisloses Gesicht, gab dem Bergführer gegenüber aber wieder klein bei.

***

Jess fühlte sich, als balanciere sie auf Messers Schneide. Zu beiden Seiten drohte ihr ein hundert Meter tiefer Absturz in den Abgrund. Irgendwo hinter ihr klagte und jammerte Erik in einer Tour, und Danny versuchte ihn wie üblich aufzumuntern. Jess fokussierte ihre gesamte

Konzentration jetzt allerdings auf die Fußspuren von Gus und Noble und platzierte ihre Füße vorsichtig in die Abdrücke ihrer Vorgänger und versuchte weder nach rechts noch nach links zu schauen. Zum Glück wehte nur ein milder Wind. Sie bezweifelte, dass ihre Nerven stärkere Böen verkraften würden. Nach einem kurzen Moment der Stille begann Erik wieder zu lamentieren. Seine Stimme glich mittlerweile eher einem Tier als einem Menschen. Dieses Mal redeten sowohl Danny als auch Mike beruhigend auf ihn ein.

Plötzlich kam Jess zu einem abrupten Halt, als sie fast gegen den Rücken des stehen gebliebenen Noble prallte. Sie schwankte kurz und um ein Haar hätte sie das Gleichgewicht verloren. Eine bange Sekunde lang fürchtete sie, sie könnte seitlich vom Bergkamm stürzen. Indem sie statt nach unten auf Nobles Rücken starrte, fand sie ihre Stabilität schließlich wieder.

»Was nun?«, fragte Noble gereizt.

Gus, der die Verantwortung für den Stopp trug, spähte auf dem Bergrücken nach vorn. Sie hatten jetzt ungefähr die halbe Strecke zurückgelegt und bisher war es immer leicht abwärts gegangen. Nun stieg der Weg aber steil zu der pyramidenförmigen Kuppe im Westen an. Von hier aus mussten sie also klettern und ihnen stand ein extremer Balanceakt bevor. Zu allem Übel nahm der

Westwind nun an Stärke zu, fing an zu pfeifen und wirbelte Schneeflocken vom Boden auf.

»Das war's«, erklärte Gus entschieden. »Weiter gehen wir nicht!«

»Sind Sie verrückt geworden?«, brüllte Noble. »Wir sind doch gleich da.«

»Es ist einfach zu riskant.«

»Zu riskant … am Arsch«, knurrte Noble und drängelte sich an dem Hünen vorbei. Gus versuchte ihn aufzuhalten, doch Noble stieß ihn rücksichtslos mit beiden Händen so fest, dass er noch schlimmer torkelte als Jess kurz zuvor. Der Bergführer knallte zuerst auf die Knie, doch dann kippte er nach hinten und schlitterte langsam vom Bergkamm.

»Hilf ihm!«, schrie Jess.

Aber Noble war schon auf und davon und hatte anscheinend nur noch seinen eigenen Vorsatz im Sinn.

Jess legte sich hastig mit gespreizten Gliedern auf den Bauch und griff nach Gus. Dessen rechter Arm schoss ihr sofort entgegen und seine Hand fasste ihren linken Unterarm. Mit der anderen Hand umklammerte er entschlossen sein Gewehr.

»Lassen Sie die Waffe los. Ich kann Sie nicht lange festhalten.«

Doch Gus schüttelte nur stumm seinen Dickschädel.

»Nein, das kann ich nicht machen. Die brauchen wir vielleicht noch.«

»Verdammt. Ich kann Sie nicht mehr festhalten.«

Nun forderte die Schwerkraft ihren Tribut und sie kam ebenfalls ins Schlittern. Ein Gewicht auf ihrer Hüfte beendete die Rutschpartie abrupt.

»Ich habe euch«, flüsterte ihr Danny von oben ins Ohr, während er sie mit seiner schieren Körpermasse an Ort und Stelle hielt. Währenddessen schaffte es Gus, sich an ihrem Arm hochzuziehen und stemmte sich über ihre Schulter hinweg in Sicherheit.

***

Danny half Jess wieder auf die Füße. »Gut gemacht und schnell reagiert.«

»Ich habe ehrlich gesagt gar nicht groß darüber nachgedacht.«

»Ich schulde Ihnen was«, sagte Gus dankbar und blickte zu Noble, der weiterhin auf den pyramidenförmigen Berg zusteuerte. »Und diesem verdammten Arsch schulde ich ebenfalls was. Der hätte mich echt fast gekillt.«

»Was jetzt, Boss?«, fragte Danny.

»Jetzt gehen wir nach Hause. Dieser Bastard kann ja sehen, wo er bleibt.«

Jess ergriff den Arm des Bergführers. »Ich würde die Schuld gern auf der Stelle einlösen«, meinte sie sanft. »Lassen Sie ihn nicht allein hier zurück. Sie können ihn von mir aus zur Schnecke machen wie es Ihnen beliebt, aber lassen Sie ihn nicht hier oben ohne Hilfe.«

Als Gus zögerte, sprang ihr Danny bei und sagte: »Sie hat recht, Boss. Wir bekommen nie wieder einen Job, wenn wir jemanden nicht heimbringen.«

»Scheiße!«, brüllte Gus und spuckte in den Schnee. »Jemand muss zu ihm rauf und ihn hierher zurückschleifen. Ich kann das allerdings nicht, denn mir wird hundertprozentig der Kragen platzen, sobald ich das Schwein in die Finger kriege. Wie schaut es bei dir aus Danny?«

Der jüngere Führer nickte. »Ich bin im Spiel.«

»Ich auch«, fügte Jess hinzu. »Sie brauchen nämlich auch jemanden, der ihn zur Umkehr bewegt. Auf mich wird er hören.«

Trotz ihrer selbstbewussten Worte zweifelte sie innerlich an deren Wahrheitsgehalt, denn sie hatte deutlich die Gier in Nobles Augen gesehen, als er Gus umgestoßen hatte.

Aber ich muss es wenigstens versuchen.

Sie folgte also Dannys Fußstapfen, als dieser sich anschickte, Noble wieder einzufangen.

DAMALS

Jeffries hatte auf dem Bergsattel um ein Haar sein Leben verwirkt. Er ist im unmöglichsten Moment ausgerutscht und einige Meter abwärts gerutscht, bevor er sich wieder fangen konnte. Ich bin ihm zu Hilfe geeilt und habe es trotz der Steile der Böschung geschafft, uns beide in Sicherheit zu bringen. Dafür musste ich allerdings sämtliche verbliebenen Kräfte mobilisieren. Nach der Rettungstat zitterten wir gemeinsam bis in Mark.

Dennoch plädierte Johnson dafür, noch weiter vorzudringen, da wir uns seiner Meinung nach kurz vor dem Ziel befanden. Doch ich konnte ihn davon überzeugen, dass wir zunächst im Schatten des Felsgipfels lagerten und erst morgen weiterziehen.

Wurst mit Bohnen schmeckte mir niemals so gut wie heute. Da mich die Erinnerung an den Sturz, dem wir nur knapp entronnen waren, immer noch peinigte, gönnte ich mir – ganz entgegen meinen Gewohnheiten – einige Schlucke von Johnsons Roggenwhiskey, um mich wieder aufzurichten. Jeffries gesellte sich kurz darauf zur mir und nahm die Flasche mit sich, als er für die Nacht unter seine Decken kroch.

***

Dieser Bericht unserer Expedition ist der Nachwelt gewidmet. In ihm schreibe ich die vollständige Wahrheit über unsere Reise nieder. Doch nun ereignete sich etwas, das ich kaum zu erklären vermag. Ich werde die Tatsachen dennoch auf diesem Papier ausbreiten und überlasse es dem geneigten Leser, seine eigenen Schlüsse daraus zu ziehen, denn ich bin nicht in der Lage mir einen Reim darauf zu machen.

Wir betteten uns schließlich alle zur Nachtruhe, nachdem wir eine Weile lebhaft über den kommenden Tag debattiert hatten. Der Himmel war klar, die Sterne funkelten und spiegelten sich in dem Meer aus Schnee um uns herum wider. Ich saß mit einer Laterne in der Kälte vor der Einstiegsluke unseres Zeltes und transkribierte gerade die drei Absätze, die Sie soeben lasen.

Ein Rascheln von der Rückseite des Zeltes, dort, wo wir unsere Ausrüstung gestapelt hatten, störte mich allerdings beim Schreiben. Der alte Indianer hatte uns vor gefährlichen Bären auf den Höhenzügen gewarnt. Für solche Eventualitäten waren wir alle mit großkalibrigen Jagdbüchsen ausgerüstet. Johnson schlief sogar mit einer davon an seiner Seite. Es dauerte fast eine ganze Minute ihn zu wecken. Währenddessen nahm das Geraschel an Lautstärke zu. Zweifelsfrei stöberte dort draußen etwas in unserem Gepäck herum. Ich befürchtete, es könne auf die Idee kommen, dass es innerhalb des Zeltes leichtere Beute gäbe.

Sobald Johnson vollauf zu Sinnen gekommen war und die komplette Situation erfasst hatte, kümmerte er sich um die Angelegenheit. Er rekrutierte Williamson zu seiner Unterstützung. Im Duett luden sie ihre Karabiner durch und schlichen anschließend in die Nacht hinaus. Der Rest von uns hielt sich derweil im Zelt auf, in einer Mischung aus Bangen und der Hoffnung nicht in die Schusslinie zu geraten.

Doch ich verkraftete die Spannung irgendwann nicht mehr und ging schließlich wieder in das Freie. Johnson legte gerade seine Büchse an, und ein ohrenbetäubender Krach erscholl, dem ein hohes Heulen folgte, das wie das Pfeifen eines weit entfernten Eisenbahnzuges klang. Dann flatterte etwas davon, das aussah, wie ein zum Trocknen aufgehängtes Laken. Ein schwarzer Schatten schwang sich in die Lüfte, verdeckte kurz den Nachthimmel, und danach herrschte wieder vollkommene Stille.

Ich hielt die Laterne in die Höhe und zusammen mit Johnson umrundete ich langsam das Zelt. Tatsächlich hatte etwas unsere Vorräte durchwühlt. Jeffries Lederrucksack war zerfetzt und unsere Werkzeuge, Eispickel, Schaufeln und Äxte waren im Umkreis verstreut. Glücklicherweise hatte – was immer es gewesen sein mag – keinen Erfolg damit unsere Lebensmittelvorräte zu stehlen. Die verstreuten Dinge waren zu unserer Freude noch allesamt intakt.

Niemand von uns fand in dieser Nacht noch viel Schlaf. Wir debattierten mehrere Stunden eifrig darüber, was wir da wohl aus seinem Horst gelockt hatten, und der allgemeine Konsens lief schließlich auf einen Adler hinaus. Ich hatte jedoch als Einziger einen Blick auf die Kreatur erhaschen können, welche die Sterne verhüllt hatte, und deshalb war ich auch der Einzige, der über deren wahre Größe Kenntnis hatte. Doch ich versiegelte meine Lippen, denn ich war mir gewiss, dass sie mich nach meinen Schilderungen lediglich fragen würden, welches Quantum ich von Johnsons Roggenwhiskey vertilgt hätte.

Ich hegte jedoch keinerlei Zweifel an dem, was sich mir offenbart hatte. Falls es sich wahrhaftig um einen

Adler handelte, dann um einen von einer unerhörten, riesenhaften Dimension.

Denn seine Flügelspannweite betrug mindestens sechs Meter.

DANNY

Danny beobachtete, wie Noble am Übergang des Bergsattels zu der pyramidenförmigen Kuppe langsam aus seiner Sicht entschwand.

Na großartig, dachte er.

Er überlegte, den Mann zu rufen, aber vermutlich würde ihm dieser sowieso keine Beachtung schenken. Also konzentrierte er sich lieber auf die Verfolgung der Fußspuren, die Wahrung der eigenen Balance und den Kampf gegen die immer steifer werdende Brise.

Der Rückweg kann ja heiter werden.

»Alles okay dahinten?«, fragte er über seine Schulter hinweg.

»Hinterlasse einfach weiterhin gut sichtbare Fußspuren im Schnee«, erwiderte Jess. »Ich folge deinen Spuren nämlich, also mach keinen Unsinn.«

»Jawohl, Ma'am«, antwortete Danny, trotz der bedrohlichen Situation, mit einem neckischen Unterton in der Stimme.

Kurz bevor sie am Fuß des Berges ankamen, tauchte Noble überraschend vor ihnen auf. Aufgewühlt sagte er: »Hier ist es! Das Tal ist tatsächlich hier. Genauso, wie es Mike prognostiziert hat. Wir haben es wirklich gefunden.«

Bevor Danny antworten konnte, drehte sich Noble um und verschwand schon wieder außer Sicht. Hinter ihnen brüllte Gus jetzt etwas, aber der konstant stärker gewordene Wind verwehte seine Worte in der Luft und machte sie unverständlich. Danny senkte den Kopf und steigerte seine Geschwindigkeit, um schnellstens an den Punkt zu gelangen, an dem er Noble zuletzt gesehen hatte. Seine Fußstapfen waren leicht zu verfolgen, und mit Jess auf den Fersen hastete er vom Bergsattel hinab über einen Geröllhaufen um den Fuß des Gipfels herum. Sie trafen Noble schließlich auf einer höhergelegenen Felszunge an, von der aus er in westlicher Richtung nach unten spähte.

»Was für ein mieses Spiel ziehen Sie hier eigentlich ab?«, fragte Danny aufgebracht.

»Das ist kein Spiel, das hier ist die Realität. Überzeugen Sie sich doch selbst. Na los, nur keine falsche Scham.«

Dannys Blick folgte Nobles ausgestrecktem Arm. Die Luft blieb ihm sekundenlang im Hals stecken, denn unter ihnen lag eine längliche Senke, deren Grün extrem mit dem Schnee auf den sie umgebenden Hängen kontrastierte. Es war ein V-förmiger Einschnitt in das eisige Land, der sich fast bis zum Horizont ausdehnte, und in dem ein dichter Baumbewuchs beidseitig schillernde Teiche und klare Bäche bis zu den Höhenzügen umwucherte. Auf weiten Grasflächen weideten Viehherden, aber aus der Ferne konnte Danny nicht verlässlich eruieren, um welche Tiere es sich dabei handelte – wahrscheinlich waren es aber Bisons.

»Wie kann niemand davon gewusst haben?«, murmelte der Bergführer fassungslos.

»Jemand wusste davon«, widersprach ihm Noble und zeigte auf ein gewaltiges Loch an einer der Steilwände, das den Zugang zu einem kleinen, dunklen Schacht darstellte. Unterhalb der Öffnung im Felsen türmte sich am Boden ein Haufen Abraum. »Jemand hat dort offensichtlich Gestein herausgebrochen. Ich wette, es war der Verfasser des Reiseberichts und seine Kameraden. Dort drüben befindet sich unsere Mine. Jess, wir haben sie gefunden! Wir werden unfassbar reich sein.«

»Nur, wenn Sie lange genug leben«, knurrte plötzlich jemand in ihrem Rücken.

Noble drehte sich gerade noch rechtzeitig um, um zu sehen, wie die Faust von Gus auf sein Gesicht zu schnellte. Er wollte sich ducken, aber der Schlag erwischte ihn an der Schläfe und er krachte in Sekundenbruchteilen auf den steinigen Grund.

Als er Anstalten machte, sich aufzurappeln, riet ihm Danny: »Wenn Sie wissen, was gut für Sie ist, bleiben Sie besser unten.« Während Danny darüber nachgrübelte, wie er Gus Zorn in Zaum halten könnte, bemerkte er, dass dieser offenbar so schnell wieder verraucht war, wie er aufgekommen war.

»Arschloch!«, schimpfte Gus und spuckte neben Noble zu Boden, bevor er sich Danny zuwandte. »Wir mussten zu euch rüberkommen. Der Wind wurde zu heftig. Wir brauchen einen Unterschlupf, um ihn aussitzen zu können. Bevor es nicht ruhiger wird, haben wir keine Chance, über den Bergsattel zurückzugelangen.«

»Zurück?«, nuschelte Noble vom Boden aus. »Wir gehen ganz bestimmt nicht von hier weg, bevor wir nicht die Mine untersucht haben.«

»Von mir aus«, sagte Gus lapidar, »aber das können Sie allein machen. Ich bin nämlich fertig mit Ihnen. Unser Vertrag wurde in dem Moment ungültig, als Sie mich fast getötet haben. Ab jetzt sind Sie auf sich allein gestellt.« Er drehte sich um und inspizierte aufmerksam die Gegend. Dabei interessierte ihn allerdings weniger das Tal, sondern eher die Hänge im Norden, von denen sie wahrscheinlich vergleichsweise einfach bis zur Baumgrenze hinabsteigen konnten. »Wir schlagen unser Camp dort drüben unter den Bäumen auf.« Den Kopf in den Nacken geneigt, fügte er hinzu: »Und wir sollten besser schnell machen, denn das Wetter wird bald wirklich ungemütlich werden.«

Als Noble wieder auf den Füßen war, hielt er krampfhaft Distanz zu Gus. »Ich werde Sie aber nicht begleiten. Wir haben schließlich noch einige Stunden Tageslicht.«

Gus zuckte mit den Schultern. »Ihre Sache. Wie gesagt, unser Vertrag ist aufgelöst. Ich rate Ihnen allerdings dringend dazu, uns zu begleiten.«

Noble wandte sich daraufhin an die anderen Mitglieder seines Teams. »Kommt schon, suchen wir uns einen Weg dorthin.«

Mike schien Noble begleiten zu wollen. Erik und Jess hingegen orientierten sich lieber an Gus und Danny, anstatt an ihrem Boss.

»Ich bleibe bei den Bergführern«, beschloss Erik, »denn die haben Ahnung davon, was hier oben zu tun ist. Wir nicht.«

»Ich stimme Erik zu«, sagte Jess. »Es wäre dumm, uns jetzt zu trennen.«

»Ihr seid hier diejenigen, die eine Aufteilung erzwingen«, antwortete Noble schnippisch. »Kapierst du es denn nicht? Die Mine ist direkt dort drüben. Deshalb sind wir doch hier. Nach unten geht es immer irgendwie. Das packen wir notfalls auch allein.«

Erik schien plötzlich in seinem Entschluss zu schwanken.

Jess trat einen Schritt auf Noble zu. »Dann verrate mir doch bitte wie. Da wir nun wissen, dass die Mine existiert, haben wir doch alle Zeit der Welt, sie zu erforschen. Wozu die Eile?«

»Wegen ihr sind wir doch überhaupt nur hier. Ich habe keine Lust, noch länger herumzutrödeln«, murmelte Noble mit einem weinerlichen Unterton in der Stimme. Gegenwind zu bekommen, behagte ihm offenbar gar nicht, das war klar ersichtlich.

Erik und Mike gingen zu Noble hinüber,

Jess leistete Danny und Gus Gesellschaft.

»Gut, so soll es sein«, konstatierte Noble. »Haltet uns eine Kanne Kaffee warm. Wir sind vor Einbruch der Nacht bei euch.«

Er kann sich keinen Rückzieher erlauben, dachte Danny. *Der Faustschlag reicht ihm für heute an Niederlagen.*

Danny, Gus und Jess eilten nach Norden, die anderen drei kletterten das schneebedeckte Gefälle in einem südlichen Zickzack-Kurs nach unten.

»Diese verfluchten Idioten bringen sich noch selbst um«, prognostizierte Danny.

Gus zuckte mit den Schultern. »Ich bin nicht für jeden Trottel auf diesem Planeten verantwortlich. Ich freue mich schon auf den Kaffee im Lager.«

Plötzlich hallte ein schrilles Kreischen durch das Tal und irgendetwas tauchte über den Bäumen im Norden auf – ein finsterer Schatten, der mit den Flügeln schlug und sich in die Höhe schraubte. Dann schoss die Kreatur auf einmal wie ein Torpedo auf sie zu. Es handelte sich dabei um einen Adler, dessen Schwingen eine so gewaltige Spannweite hatten, dass Danny das Gefühl hatte, den Verstand verloren zu haben. Der pechschwarze Vogel überflog sie in knapp drei Metern Höhe – nahe genug, dass ihnen die von seinen Schwingen verdrängte Luft ins Gesicht wehte. Jede der beiden Flügel war so breit wie eine Haustür und doppelt so lang. Später würde Danny die exakte Spannweite herausfinden … sie betrug sechs Meter von Flügelspitze zu Flügelspitze. In diesem Moment hatte er jedoch keine Muse darüber nachzudenken, denn der unglaubliche Vogel jagte jetzt kreischend und im Sturzflug auf Nobles Gruppe zu.

***

Er erwischte den hintersten der drei, Erik, am Rücken. Die gewaltigen Krallen packten allerdings nicht den Mann, sondern seinen Rucksack und zerfetzten ihn, begleitet von einem frustrierten Aufschrei. Erik stolperte schreiend unter dem Vogel weg, ließ im Schnee aber eine blutrote Spur hinter sich zurück. Er lief immer schneller und erreichte schließlich das Ende des abschüssigen Geländes.

Die Flügel des Vogels schlugen noch zweimal, dann stieg er, vor Wut krächzend, in einer engen Spirale höher. Als er in der Luft einen Bogen beschrieben hatte, setzte er zu einem zweiten Angriff an.

JESS

All ihre Gedanken galten jetzt dem bedrohten Freund. Jess rannte, ohne zu zögern, der roten Spur hinterher, die er hinterlassen hatte. Vage registrierte sie, wie Mike von der anderen Seite aus zu ihr eilte. Noble hingegen ergriff in irrwitziger Geschwindigkeit die Flucht in die entgegengesetzte Richtung. Erik fing an zu wanken. Er rannte direkt auf eine Klippe zu. Von hier aus konnte Jess nur schwer abschätzen, wie tief er stürzen würde, aber einige Meter würden schon genügen, um ihn bei einem Aufprall auf blanken Felsboden zu töten.

»Erik«, schrie sie. »Halt an, ich bin gleich bei dir.« Ihre Wanderstiefel wirbelten den Schnee auf.

»Sofort runter«, brüllte Gus. »Flach hinlegen! Alle!«

Es klang wie ein Befehl, der keinen Ungehorsam duldete.

Aber wenn ich gehorche, verliere ich Erik, dachte Jess.

Sie hastete deshalb weiter. Erik versuchte irgendwo im Schnee Halt zu finden, aber durch das Bewegungsmoment wurde er stattdessen immer schneller und die Distanz zu Jess wuchs mehr und mehr, obwohl sie sogar noch einen Gang zugelegt hatte.

»Jess, pass auf«, rief Mike von hinten und in diesem Moment bemerkte sie, wie sich von oben ein gewaltiger, schwarzer Schatten über sie herabsenkte. Instinktiv warf sie sich nach links, während sie sich zugleich duckte und abrollte. Doch sie war hier leider in keiner Turnhalle. Das Vorhandensein ihres Rucksacks stoppte ihre Rolle abrupt und sie lag plötzlich mit dem Bauch nach oben da. Der Adler schoss wie ein Speer genau auf sie zu und seine Krallen hieben nach ihrem Gesicht.

Sie stieß sich mit den Füßen vom Boden ab und katapultierte sich auf diese Weise rutschend ein Stück rückwärts. Der Rucksack funktionierte dabei zum Glück wie ein Schlitten, nahm Fahrt auf und zerrte sie mit sich. Der Adler, dessen Klauen sie nur um wenige Zentimeter verfehlt hatten und der seiner sicher geglaubten Beute gerade zum zweiten Mal beraubt worden war, kreischte erneut ohrenbetäubend laut vor Enttäuschung.

Doch Jess hatte plötzlich ganz andere Probleme als den Adler, Noble oder den verletzten Erik. Der Verwundete starrte ihr nur perplex hinterher, als sie an ihm vorbeischlitterte, ohne in der Lage zu sein, ihre immer schneller werdende Abwärtsfahrt aufzuhalten.

Sie raste wie ein Skispringer über die Klippe, segelte drei atemlose Sekunden lang durch die Luft, knallte hart auf den Boden, wurde wieder in die Höhe geschleudert, schlug wieder auf und rutschte dann auf Gedeih und Verderb mit dem Rucksack verbunden weiter nach unten.

Alles, was sie tun konnte, war zu schreien und zu hoffen.

Nach einer gefühlten Ewigkeit glitt sie auf ihrem schmerzenden Hintern in einen Graben, sauste diesen entlang und wurde schließlich an dessen trichterförmigem Ende schwungvoll wieder ausgespien. Erneut verlor sie den Kontakt zum Untergrund und während sie sich noch fragte, ob sie den Aufprall überleben würde, klatschte sie mit einem gewaltigen Spritzer in eiskaltes Wasser, das ihre Kleidung sofort durchweichte. Sie hustete, würgte, spuckte und war sich sicher, ertrinken zu müssen, bis sie endlich realisierte, dass die Tiefe des Wassers lediglich zwanzig Zentimeter betrug. Sie richtete sich mühsam auf die Knie auf. Glücklicherweise hatte sie keine Knochenbrüche erlitten und war einzig und allein mit einem geprellten Rücken und einem Schreck davongekommen.

Von den anderen war nichts zu sehen. Alles um sie herum war durchgängig grün, und sehr viel weiter oben sah sie den weißen Hang, über den sie heruntergerauscht war. Als zu einem Hilferuf ansetzen wollte, wurde ihr plötzlich die Stille um sie herum bewusst. Sie hielt deshalb inne und musterte neugierig die Umgebung.

Der kleine Tümpel, in dem sie gelandet war, hatte seine Heimat mitten in einem Flecken Sumpflandschaft. Er war fast kreisrund und maß ungefähr fünf Meter. Kadaver, die vermutlich zu einer großen Hirschart gehörten, umsäumten das gesamte Ufer. Die meisten waren bereits komplett skelettiert und verrotteten offenbar schon seit geraumer Zeit hier. Einer jedoch, unweit von Jess, dampfte sogar noch und war voll blutigen, saftigen Fleisches.

Das Raubtier muss noch irgendwo in der Nähe sein.

Hier oben im Gebirge konnte es sich sowohl um einen Wolf, einen Bären oder einen Berglöwen handeln, und sie hatte definitiv keine Lust auf eine Begegnung, egal mit welchem der drei.

Sie werden ganz bestimmt nach mir suchen. Gus und Danny werden mich schon aufspüren.

Diese Hoffnung war eine Sache. Eine andere war es, ohne Deckung an einem Wasserloch herumzulungern. Prompt wurde Jess klar, wohin sie gehen musste. Der Höhleneingang, hinter dem sich wahrscheinlich die

Mine verbarg, prangte als dunkles Loch in einer der Felswände und schien relativ einfach erreichbar zu sein.

Sie werden wissen, dass sie mich dort suchen müssen, und falls nicht, wird Noble irgendwann dort auftauchen. Denn garantiert wird ihn nichts und niemand von dem Gold fernhalten können.

Obwohl sich Jess behutsam aufrichtete, explodierte ihr Rücken vor Schmerzen. Doch sie ignorierte den Schmerz und machte sich samt ihres ramponierten Rucksacks auf den Weg.

In ihrer direkten Nähe regte sich nichts Lebendiges, nur im Westen tummelte sich eine große Tierherde hinter einem Nebelschleier, der dicht genug war, um genaue Einzelheiten zu verbergen. Von Zeit zu Zeit sah Jess forschend zum Himmel hinauf. Es schien so, als habe der Adler kein Interesse mehr an ihr, nachdem sie sich aus seinem Territorium auf ebenso plötzliche wie spektakuläre Art und Weise verabschiedet hatte. Auf den Hängen weiter oben war von den Bergführern weder etwas zu sehen noch zu hören. Nach einer Weile konzentrierte sie sich voll und ganz auf den düsteren Höhleneingang und lief, die brennende Qualen der unzähligen Prellungen ignorierend, in gerader Linie dorthin.

***

Sie pausierte nur ein einziges Mal, als sie fast über ein Skelett am Rande einer ausgetrockneten Suhle gestolpert wäre. Der Brustkorb beeindruckte die Frau nicht besonders, obwohl er gewaltig genug war, ihren Körper in seiner Gesamtheit aufzunehmen. Es war eher der Schädel und das dazugehörige Geweih, was sie faszinierte. Die schweren, dicken Geweihstangen mündeten in Schaufeln, die breiter als ihre seitlich ausgestreckten Arme waren. Sie hatte so etwas schon einmal in einer Museumsausstellung am Modell eines Riesenhirsches gesehen – einer ausgestorbenen Gattung. Die Knochen zu ihren Füßen waren zwar alt, aber bestimmt nicht so alt. Jemand im Museum würde die Aufschrift auf der Schautafel wohl korrigieren müssen.

Kurz vor der Höhle keimte in ihr die Zuversicht auf, dass Noble vielleicht bereits da war. Doch das war utopisch. Wie hätte er schneller hier herunterkommen sollen als sie selbst?

Ihr Weg führte sie jetzt zu dem aufgehäuften Abraum, den sie von oben erspäht hatten. Der Schutt stammte zweifelsfrei von der Felsöffnung, auch wenn dies dem Anschein nach, schon vor zahlreichen Jahren geschehen war. Beim Erklimmen der Steigung entdeckte sie weitere Spuren menschlicher Aktivität, wie alte Werkzeuge und Gerätschaften – eine rostige Kreuzhacke mit zerbrochenem Holzschaft, ein Blecheimer mit einem faustgroßen Loch und eine Satteltasche aus Leder, von der kaum noch mehr als vertrocknete Streifen übrig waren. Als sie die Tasche genauer begutachtete, erklang plötzlich ein Schuss, und eine Sekunde später ein zweiter. Wie als Antwort ertönte ein trompetendes Gebrüll aus dem Westen. Jess befand sich inzwischen hoch genug, um über die Nebelbank hinweg auf die Herde schauen zu können.

Das schiere Vorhandensein der Tiere, bei denen es sich um mehr als dreißig Exemplare handeln musste, schnürte ihr sofort die Kehle zusammen. Ihr Herz raste und ihre Gedanken wirbelten wild umher. Da drüben grasten so, wie es aussah, pelzige Mammuts, die eigentlich schon vor Ewigkeiten vom Antlitz der Erde verschwunden sein sollten.

DAMALS

Wir sind nun schon seit drei Tagen in diesem seltsamen Tal der Wunder, und mit Wunder meine ich nicht das Gold, das wir gefunden haben. Dieser gewaltige Schatz stellt noch die Geringste aller Merkwürdigkeiten dar, mit denen wir hier konfrontiert worden sind. Zumindest nach meinem bescheidenen Ermessen.

Wir stiegen früh des Morgens in das blühende Tal hinab, das wir auf dem Pfad, den uns der indianische Führer auf der Karte eingezeichnet hat, erreicht hatten. Johnson identifizierte mit dem geschulten Auge des Geologen schon von Weitem die Höhle, die uns am ehesten Zugang zu einer Edelsteinader verschaffen würde. Wir durchquerten das Tal deshalb, um auf schnellstem Wege dorthin gelangen zu können.

Kurz nachdem wir die Hänge hinter uns gelassen hatten, gewahrten wir alle möglichen Arten von Gerippen.

Meist von mächtigen Hirschen, manche aber auch von Tieren unbekannter Natur. Nur wenige kamen uns vertraut vor, allerdings war ihre Größe im Vergleich zur Außenwelt absonderlich abnorm. Einige waren augenscheinlich uralt, doch andere hatten offenbar erst vor Kurzem das Zeitliche gesegnet.

Johnson und Williamson hielten die Büchsen schussbereit in ihren Händen, während wir das offene Gelände durchschritten. Doch keinerlei Getier gewährte ihnen die Ehre für einen Schuss. Im Norden und Westen zeichneten sich in der Ferne die Umrisse mächtiger Tiere ab, die es, wenigstens zu dieser Stunde, noch bevorzugten, Abstand zu wahren. Wir kamen daher unbehindert zu der Höhle.

Sofort nach unserer Ankunft erteilte Johnson weitere Anweisungen. Nie zuvor war mir ein solch erregter Menschen gewahr geworden. Sein Schwung war ansteckend bis ins Extrem und wir alle begannen erfüllt von Elan zu werkeln. Wir bereiteten Sprengladungen vor und schlugen mit vier Dynamitstangen eine mächtige Bresche in den Felsen. Am Abend errichten wir dann unser Lager unterhalb des Höhleneingangs und teilten Jeffries und Frank als Wachposten ein.

Obwohl wir am nächsten Tag wie die Irrwitzigen schufteten, wurde uns bald bewusst, wie dringend wir bessere Utensilien benötigten und darüber hinaus auch noch zusätzliches Dynamit. Trotz aller Unbilden wurden wir irgendwann mit zwei Goldnuggets in der Größe des ersten Gliedes meines kleinen Fingers belohnt.

Nach Einbruch der Dämmerung feierten wir unseren ersten Erfolg im Mannschaftszelt mit einer Flasche Bourbon. Falls jemand außer mir das befremdliche Brüllen und Kreischen im Tal vernommen hatte, schwieg er darüber. Wir alle schwelgten in Visionen von Reichtum und Ruhm.

Ich schlief tiefer als seit Monaten, muss jedoch zugeben, dass dies mehr dem Bourbon als meiner Seelenruhe geschuldet sein mochte. Das Bild des riesigen Adlers, der die Sterne bedeckte, geht mir einfach nicht mehr aus dem Kopf und mir ist vor der Rückreise schon Angst und Bange.

***

Der folgende Tag war sogar noch produktiver als der vorhergehende. Trotz unseres unpassenden Werkzeuges konnten wir einen guten Fortschritt erzielen, da überall Risse das Gestein durchzogen, die es uns erlaubten, es leicht aus den Höhlenwänden herauszubrechen. Am beschwerlichsten war der Abtransport des Gerölls in das

Freie. Den Schutt warfen wir einfach kurzerhand den Hang hinunter, wo er sich mit der Zeit immer höher aufschichtete und Zeugnis unserer Anwesenheit ablegte.

All unsere bisherige Arbeit war die Mühen wert, denn sie beschert uns die Erfüllung unserer Träume. Kurz nach der Mittagsstunde fand Williamson durch die schiere Gnade Gottes eine gewaltige Goldader. Ihre Dicke beträgt mindestens anderthalb Meter an der Stelle neben dem Höhleneingang, an der sie aus dem Gestein hervorspäht, und offenbar verdickt sie sich tiefer im Leib der Erde noch weiter. Sobald wir das richtige Werkzeug und die geeignete Ausrüstung vor Ort haben, werden wir einen Schatz bergen können, dank dem wir bis an das Ende unserer Tage ausgesorgt haben werden.

Wir alle werden reiche Männer sein.

DANNY

Der jüngere Bergführer sah entsetzt zu, wie zuerst Jess und dann Erik das Gefälle hinunterrutschten. Als Danny gerade die ersten Schritte zu ihrer Rettung unternehmen wollte, fielen sie über die Klippe und waren aus seinem Sichtfeld verschwunden.

Seine Aufmerksamkeit galt jetzt ganz dem Riesenadler, der – nachdem der Versuch, Jess zu schnappen, misslungen war – erneut seine Kreise auf der Suche nach frischer Beute drehte.

Noble war irgendwo in östlicher Richtung auf und davon gerannt. Mike lief nervös und fassungslos an der Stelle herum, an der Jess zu Boden gegangen war. Nur Gus schien die ganze Situation unter Kontrolle zu haben. Er kniete mit einem Bein auf dem Boden und hatte das Gewehr erhoben, mit dessen Mündung er jetzt dem Adler folgte.

»Komm bloß näher, du dämliches Federvieh«, murmelte der bullige Mann, »ich krieg dich sowieso.«

Von Gus inspiriert, tat Danny etwas, was er schon früher hätte tun sollen, und zielte mit seiner Waffe ebenfalls auf den Vogel, der jetzt seine Flügel anlegte und zu einem Sturzflug auf Mike ansetzte.

Beide Männer feuerten fast simultan. Doch kaum, dass Danny abgedrückt hatte, wurde ihm auch schon bewusst, dass er den Adler verfehlt hatte. Der Schuss von Gus traf den Vogel jedoch genau in der Mitte des Rumpfs. Er fing an, in der Luft zu taumeln, breitete seine Schwingen aus und brach den Sturzflug ab. Blut tropfte auf Dannys Stirn herab, als die Kreatur über ihn hinweg segelte. Gus unternahm einen zweiten Schussversuch. Doch sollte er getroffen haben, war dem Vogel nichts davon anzumerken. Der Adler gewann nun über den Kronen der Bäume im Norden rasch an Höhe und entschwand schließlich komplett aus ihrer Sicht.

»Du hast ihn tatsächlich erwischt.« Danny klopfte Gus gratulierend auf die Schulter.

»Das verdammte Ding ist einfach zu groß«, antwortete sein Kollege kopfschüttelnd. »So ein Schuss hätte normalerweise einen Bären erledigt, doch das Vieh hier hat ihn einfach geschluckt und ist weitergeflogen. Wie konnte es bloß so unglaublich groß werden?«

Danny wusste, dass sein Gegenüber nicht wirklich eine Antwort erwartete und er war zufrieden damit, denn er hatte keinen Schimmer, was er dazu sagen sollte. Er half Gus auf die Beine, dann ging er los, um nach Mike zu sehen.

Der Städter stand offensichtlich unter Schock, denn seine Augen flackerten und sein Unterkiefer bebte. Da er nicht verletzt war, überließ ihn Danny zunächst seinem Schicksal und blickte auf der Suche nach Noble Richtung Osten, doch der Mann war nirgendwo zu sehen.

»Tja, jetzt waten wir also doch schneller als uns lieb ist knietief in der Scheiße«, sagte Gus trocken.

»Und was sollen wir jetzt machen, Chef?«

Gus deutete auf die blutige Spur, die zur Klippe führte. »Am besten suchen wir zuerst nach den beiden anderen. Noble kommt ganz gut allein klar, glaube ich. Als ich ihn zuletzt gesehen habe, konnte er jedenfalls ziemlich schnell rennen.«

***

Danny stieg den Hang zuerst hinunter. Er setzte behutsam einen Fuß vor den anderen und vergewisserte sich stets, dass er auch wirklich festen Halt hatte, bevor er, der roten Spur folgend, weiter nach unten vordrang. Die

Menge an vergossenem Blut ließ befürchten, wie schwer Erik verwundet sein musste. Während des Abstiegs achtete Danny auf Hilferufe von unterhalb der Klippe, aber nun, wo selbst der Adler verstummt war, schien das ganze Tal in gedämpfter Vorahnung zu schweigen. Mit jeder Verringerung der Entfernung zur Klippe wurde ihm klarer, wie wenig Lust er hatte, über den Rand zu schauen, denn was er dort vorfinden würde, würde sein Gemüt garantiert für geraume Zeit belasten.

Aber vielleicht sind sie doch noch am Leben. Wenigstens Jess. Ich muss unbedingt nachsehen.

Als er schließlich all seinen Mut gebündelt hatte und an den Rand der Klippe vorrückte, sah er … überhaupt nichts Schlimmes. Der Fels ging drei Meter senkrecht nach unten, und dort gab es keine Leichen, dafür aber eine Blutspur, die sich bis zu einer Baumgrenze hin erstreckte und sich dort unter dem Blätterdach verlor.

Gus trudelte jetzt, zusammen mit einem immer noch fassungslos wirkenden Mike, bei Danny ein. »Was gibt's?«

Danny zeigte auf das Blut. »So wie es aussieht, sind sie weiter runter gelaufen.«

»Dann sollten wir uns wohl auf die Socken machen«, meinte Gus. »Ich habe nämlich kein schlechtes Gewissen, Noble allein zu lassen. Die Frau hingegen hat mir vor einer Stunde das Leben gerettet, ich schulde es ihr also, alles zu versuchen, was ich kann.«

Danny blickte erst nach rechts, dann nach links. Schließlich deutete er auf eine Stelle, an der der Abhang an eine Gruppe hoher Bäume grenzte. »Wird eine ziemliche Kraxelei, aber dort dürften wir es schaffen hinunterzukommen.«

»Nicht dürften, sondern werden. Los, bringen wir die Herde wieder zusammen.«

Sie mussten Mike wie eine Puppe mit sich schleifen und Danny schob sich immer wieder zwischen ihm und dem Klippenrand, um einen Absturz zu verhindern. Der Stadtmensch war momentan so sehr neben der Spur, dass er kaum realisierte, wo er gerade war. Als sie an den Bäumen angekommen waren, mussten die beiden Bergführer Mike sogar Prügel androhen, um ihn zum runterklettern motivieren zu können. Schließlich gaben sie ihm einfach einen Stoß und er flog in eine weiche Schneewehe, wo er zusammensackte wie eine Luftmatratze mit geöffnetem Ventil und sich keinen Millimeter mehr bewegte.

Danny und Gus untersuchten anschließend die Blutspur. Es war noch weitaus schlimmer, als es von oben ausgesehen hatte. Die rote Bahn dehnte sich fast auf die Breite von einem Meter aus.

»Nach was sieht das für dich aus, Kumpel?«, fragte Gus mit sanfter, leiser Stimme. Dabei verströmte er jene ruhige, wachsame Aufmerksamkeit, die Danny bereits von früheren, gemeinsamen Jagdausflügen kannte.

»Da wurde etwas weggeschleppt«, diagnostizierte Danny und streckte den Arm aus, »und zwar in diese Richtung.«

»Ganz genau«, antwortete Gus grimmig.

Sie gesellten sich wieder zu Mike, der inzwischen aufgestanden war und Ausschau nach ihnen gehalten hatte. Nach wie vor war er verwirrt, war dem Land der Lebenden aber offenbar zumindest wieder ein Quäntchen näher.

Gus umfasste seine Schultern mit beiden Händen und stellte Augenkontakt her. »Wir brauchen Sie jetzt dringend im Hier und Jetzt. Ihre Freunde stecken bis zum Hals in der Scheiße. Ich kann gerade einfach keine Zeit damit verschwenden, Händchen bei Ihnen zu halten. Haben Sie das verstanden?«

Mike gelang es, seinen unsteten Blick zu fokussieren. »Sie sind noch am Leben?«, entwich es wispernd seinen Lippen.

»Vielleicht. Wenn dem so ist, haben sie allerdings gerade mächtig Ärger am Hals.« Gus legte eine kurze Kunstpause ein und fragte dann in einem bestimmenden Tonfall: »Werden Sie uns helfen?«

Mike nickte. »Ja, das werde ich. Egal, was es kostet.«

Gus lotste sie daraufhin das Gefälle auf nordöstlichen Kurs hinunter und trat dann als Erster zwischen die Bäume. Die Blutspur setzte sich hier unter einem Baldachin aus Blättern fort. Mikes Blick klebte währenddessen förmlich auf Gus Rücken. Sein Gesicht war kreidebleich. Der Schock mochte vorerst überwunden sein, aber es fehlte nicht viel und die Panik würde ihn erneut lähmen.

Schon bald versiegte die blutige Fährte in einer kleinen Lichtung an der Seite eines Hügels. Überall verunreinigten hier rote Spritzer den verschneiten Boden. Doch bevor Danny Einzelheiten identifizieren konnte, schob sich Gus zwischen die beiden Männer und die Lichtung, sodass er ihnen die Sicht versperrte.

»Hier ist eindeutig etwas passiert«, stellte er gelassen fest. »Ich werde mich mal ein bisschen umschauen.«

Danny registrierte die Botschaft hinter dem Blick, den ihm Gus im Losgehen zuwarf sofort und hielt Mike deshalb vom Zugang zur Lichtung ab.

»Was ist los? Was ist dort geschehen?«, fragte Mike ängstlich.

»Keine Ahnung«, erwiderte Danny wahrheitsgemäß und dachte: *Aber ich kann's mir ziemlich gut vorstellen.*

Seine Vorahnung wurde bei Gus Rückkehr bestätigt, denn das Gesicht des hünenhaften Bergführers war fahl, fast schon grau, so als müsse er sich gleich übergeben. Er sprach zuerst Mike an: »Sie müssen jetzt stark sein, mein Freund.«

»Stark für was? Was ist los?«

»Ihr Kumpel liegt dort drüben oder besser gesagt, das, was von ihm noch übrig ist.«

Gus trat zur Seite. Der Boden war noch blutiger, als Danny befürchtet hatte. Fast der gesamte Boden der Lichtung war von roten Streifen bedeckt, die im Schnee schillerten. Darüber waberte der charakteristische Gestank nach Kupfer und Pisse. In der Mitte der Lichtung befanden sich zwei rohe Fleischstücke. Eines davon war ein Bein, an dessen Fuß der Schuh fehlte, bei dem anderen Brocken handelte es sich um einen Torso, aus dem gebrochene Rippen herausstachen. Die restlichen Gliedmaßen und der Kopf waren verschwunden. Das Szenario wirkte, als sei es Teil einer rituellen Opferung.

Mike sah kurz hin, würgte, drehte sich auf dem Absatz um und kotzte.

Danny konnte ihm daraus keinen Vorwurf machen. »War das ein Bär?«, fragte er Gus.

Sein Gegenüber schüttelte den Kopf. »Ein Bär ist wesentlich netter als die Kreatur, die das hier auf dem Kerbholz hat. Was immer es war, reißt extrem große

Fleischklumpen aus der Beute. Ich würde auf einen Berglöwen tippen, denn das sind echt fiese Biester.«

Danny grübelte noch einmal über die Größe des Adlers nach. Er versuchte den Gedanken an eine Raubkatze vergleichbaren Formats zu verdrängen und fragte schnell: »Hast du irgendein Zeichen von Jess gefunden?«

»Nein, nur das Blut und Pfotenabdrücke. *Riesige* Pfotenabdrücke, wie von einer Großkatze. Glaube ich zumindest. Sieh es dir selbst an, falls dein Magen es verträgt. Ich passe solange auf unseren Kumpel hier auf. Der muss das nicht aus der Nähe sehen.«

Danny war sich über die Belastbarkeit seines Magens ebenfalls unsicher.

Aber wenn hier irgendwo ein riesiges Raubtier lauert, sollten wir möglichst viel darüber in Erfahrung bringen.

Er stapfte auf die Lichtung und hielt sich Mund und Nase mit der linken Hand zu, um den Gestank abzuwehren. Auf einmal touchierte etwas seine linke Schulter, prallte ab und fiel dann auf die Erde. Zum Glück war es nur ein Kiefernzapfen. Kurz darauf prallte ein zweiter auf seinen Kopf. Er schaute auf. Hoch oben kauerte Noble mit aschfarbenem Gesicht im Geäst und brachte kein Wort hervor. Zitternd deutete er nach Süden. Dann endlich öffnete er den Mund.

»Es ist dorthin abgehauen.«

Es dauerte zehn Minuten bis es Danny, unterstützt von Mike, gelang, Noble dazu zu motivieren, hinunterzuklettern. Gus weigerte sich strikt, mit Noble zu reden. Weitere fünf Minuten verstrichen, bevor aus Noble überhaupt irgendwelche Informationen herauszuholen waren.

»Ich wollte einfach nur weg. Weit weg von dem verdammten Monstervogel.« Noble starrte auf den Boden. Es war ihm offenbar unmöglich, Augenkontakt mit Danny oder Gus zu knüpfen … besonders mit Gus. »Ich bin gerade noch rechtzeitig auf den Baum geklettert. Ich hatte im Unterholz etwas rumoren gehört, was eindeutig hierher unterwegs war. Ich war natürlich nicht so bescheuert, zu rufen und zu fragen, ob ihr es seid … ich bin stattdessen sofort den nächstbesten großen Baum hoch … und ich bin verflucht froh deswegen, denn das Mistvieh hat Erik ein paar Sekunden später auf die Lichtung gezerrt.«

»War er da schon tot?«, fragte Mike flüsternd und mit bebender Stimme.

»Längst tot. Falls dich das beruhigt.«

»Und haben Sie erkennen können, was ihn hergeschleift hat?«, wollte Danny wissen.

»Ja, eine verfluchte Raubkatze! Die größte, die ich je im Leben gesehen habe. Haben Sie irgendwann mal einen Königstiger gesehen? Stellen Sie sich etwas noch Größeres vor. Rostbraunes längeres Fell, breitere Schultern und längere Zähne.«

»So was gibt es in den Bergen nicht«, sagte Danny kopfschüttelnd.

Noble lachte zynisch. »Anscheinend doch. Ich bin dafür, dass wir sofort abschwirren, bevor die Bestie merkt, was für ein appetitlicher Happen so ein Mensch doch ist und Hunger auf mehr kriegt.«

»Und was ist mit Jess?«, fragte Mike.

»Was soll mit ihr sein? Scheiß auf sie!«

Für diese Antwort erhielt Noble erneut einen in die Fresse, dieses Mal allerdings von Mike. Er kippte zwar nicht wieder aus den Latschen, seine Verblüffung war aber dafür umso heftiger.

Mike drehte sich um und wandte sich an Gus. »Was schlagen Sie vor, wo wir mit der Suche beginnen sollten?«

Gus grinste Noble an, der jetzt reichlich zerknirscht aussah. Dann antwortete er: »Wenn sie noch lebt, ist sie weiter unten im Tal. Sie wird sich denken, dass wir bei der Mine nach ihr suchen.«

»Ich werde garantiert nirgendwohin gehen«, erklärte Noble schnippisch.

Endlich bequemte sich Gus dazu, das Wort an ihn zu richten: »Ich habe es Ihnen doch schon gesagt. Unser

Vertrag ist null und nichtig. Es steht Ihnen also frei, sich zu verdünnisieren. Wir hingegen lassen Jess ganz bestimmt nicht einfach im Stich.«

Als sie ein paar Minuten später aufbrachen, klebte ihnen Noble dicht an den Fersen.

***

Der Marsch erwies sich als deutlich beschwerlicher, als sie es gedacht hatten. Es gab zwar einige Wildwechsel, diese kreuzten ihre Route jedoch und verliefen parallel zur Talsohle. Sie rückten äußerst behutsam vor. Gus wollte kein Risiko eingehen. Er ließ hierbei die gleiche Vorsicht walten wie bei der Jagd nach einem alten Grizzlybären.

Zwanzig Meter hinter der Waldlichtung stießen sie noch auf Blutflecken, doch danach waren alle Hinweise auf die Raubkatze und den bemitleidenswerten Erik wie von der Oberfläche des Planeten getilgt.

»Das Biest hat sich offenbar tiefer in den Wald verdrückt«, flüsterte Gus. »Es steckt irgendwo unter diesem dichten Blätterdach, aber ich bin bestimmt nicht so doof, es zu verfolgen. Wir müssen Jess unbedingt finden und von hier verschwinden. Wir nehmen den nächsten Wildwechsel, der zur Mine führt.«

Fünf Minuten später erreichten sie einen zugefrorenen Bach in die gewünschte Richtung. Gus führte den Trupp an. Mit angehaltenem Atem versuchten sie, nicht auszurutschen oder in das umliegende Gestrüpp zu stürzen.

»Das ist doch total idiotisch«, murmelte Noble hinter Danny. »Sie ist von der Klippe gefallen. Sie ist weg, und das war's.«

»Nein, das war's nicht«, antwortete Gus, bückte sich und hob etwas auf. Er händigte es Danny aus, der es kurz darauf Noble präsentierte. Es war die silberne Schnalle eines Riemens.

»Heute Morgen habe ich ihr dabei geholfen, die hier festzuzurren«, erklärte Danny. »Sie ist also hier entlanggelaufen.«

»Oder sie wurde hier lang geschleift«, sagte Noble emotionslos. Als er Dannys Gesichtsausdruck bemerkte, verkniff er sich weitere detailliertere Ausführungen.

»Du hast dir heute schon zwei Stück eingefangen. Wenn du jetzt nicht dein Maul hältst, hast du dir bald eine Zugabe verdient«, drohte ihm Danny.

Noble wirkte, als wolle er einen Streit vom Zaun brechen, aber Gus rief ihn mit einem leisen, scharfen Pfiff zur Raison, dann deutete er zwischen die Bäume und hob langsam das Gewehr. Danny hatte seine Waffe gerade erst in Anschlag gebracht, als etwas aus dem zersplitternden

Unterholz und dem aufwirbelnden Laub hervorpreschte. Etwas Riesiges, Rostbraunes mit einem gewaltigen, weit aufgerissenen Maul, aus dem zwei handlange, gebogene Fangzähne lugten. Und dann war es auch schon über ihnen. Gus schoss. Doch Danny wusste nicht, ob sein Chef das Monstrum erwischt hatte. Einen Lidschlag später, krachte das Tier auf den hünenhaften Bergführer, begrub ihn unter sich und gemeinsam rollten sie ineinander verschlungen ins Dickicht. Danny schickte ihnen einen Schuss hinterher, und ein roter Sprühregen stob aus der linken Hüfte der Raubkatze, doch trotzdem ließ sie nicht von ihrem Opfer ab. Sie stieß ein gequältes Brüllen aus, das von Pein kündete, mehr aber noch von Wut. Dann waren das Untier und Gus plötzlich verschwunden und die Umgebung versank in Stille.

Dannys Gedanken rasten. Er duckte sich unter den Ästen hinweg, stürmte ihnen hinterher, ohne auf seine eigene Sicherheit zu achten, und verfolgte die deutliche Fährte aus frisch vergossenem Blut. Vage wurde ihm bewusst, dass jemand hinter ihm herjagte. Ob es sich dabei um Mike, Noble oder beide zusammen handelte, war ihm egal.

Er rief panisch: »Gus!«

Doch er bekam keine Antwort.

JESS

Jess war stehen geblieben und starrte die Mammuts eine kleine Ewigkeit lang mit offenem Mund an. Ihr Gehirn versuchte die Informationen zu verarbeiten, die ihm der Sehsinn lieferte, weil diese alles Lügen straften, was sie bis heute über die Fauna der Erde gelernt hatte. Unbewusst lauschte sie auf einen Schuss oder einen anderen Laut, der ihr mitteilte, dass sie nicht als Einzige mit dieser Unmöglichkeit konfrontiert wurde, doch Stille lag über dem Tal, nachdem die Mammuts zu höher gelegenen Plätzen gewandert waren, um dort zu tun, was immer Mammuts den lieben langen Tag taten.

Irgendetwas verschob sich unter ihrem Fuß und zwang sie nach unten zu schauen. Das löste endlich den Bann, der sie gefangen gehalten hatte. Sie stand offenbar auf einem Fetzen einer vergammelten Satteltasche – ein Zeugnis dessen, dass bereits jemand vor ihr hier gewesen war.

Und dieser jemand hat vielleicht etwas dagelassen, das mir das Leben retten kann.

Sie überwand sich, sich wieder auf den Pfad zu konzentrieren, anstatt weiter in das Tal zu starren, und machte sich auf den Weg zum Höhleneingang.

***

Während sie höher ging, begegneten ihr weitere Überbleibsel vergangener Minenarbeit – Schutthaufen, Furchen im Gestein, die nur von Werkzeug stammen konnten und ein ganzes Arsenal von verlassenen, rostigen Ausrüstungsgegenständen. Am Eingang der Höhle hing eine alte Öllampe an einem in die Wand gebohrten Haken. Eine weitere, nach gleichem Muster angebrachte Lampe befand sich etwa vier Meter tiefer im Stollen. Dahinter wurde es zu dunkel, um etwas erkennen zu können. Jess fehlten leider die Mittel, um die Lampen zu entzünden, also beschränkte sie sich auf die Erkundung des vorderen Bereichs der Mine, ohne tiefer in die Finsternis vorzudringen. Besonders viel von Interesse war allerdings nicht vorhanden. Die Höhlenwände wiesen alle Eigenschaften eines gut ausgebauten Bergstollens auf. Aufgrund der Stärke des Echos musste der Schacht noch bis weit hinab in den Talhang führen, doch ohne vernünftiges Licht hatte sie Bedenken, ihn ausführlicher zu erforschen, und selbst die vorhandene Helligkeit wurde sekündlich weniger. Also kehrte sie wieder zum Eingang zurück. Der immer düsterer werdende Himmel hatte mittlerweile eine schiefergraue Farbe angenommen, und über dem schneebedeckten Abhang, auf dem sie ins Tal gekommen war, dräuten Wolken in niedriger Höhe. Ein frostiger Hauch durchdrang die Luft und prophezeite für die nächsten Stunden noch wesentlich härtere Witterungsbedingungen als jetzt.

Jess sammelte alles zusammen, was irgendwie als Brennholz geeignet war, obwohl sie bislang nichts hatte, um es zu entfachen.

Wenn es sein muss, reibe ich eben zwei Steine aneinander, bis sie Funken schlagen.

Sie spürte auch noch etwas trockenes Holz und Fetzen von Kleidungsstücken auf, die ihr als Zunder dienen würden. Kurz hinter dem Eingang schichtete sie alles zu einem kleinen Haufen auf. Als sie die Suche nach Brennmaterial fortsetzen wollte, erspähte sie auf einmal drei Gestalten im Tal, die auf die Höhle zusteuerten.

Nur drei?

Zuerst versuchte sie, sich einzureden, dass der Rest der Truppe noch oben in den Bergen war. Vielleicht war Gus ja bei dem verwundeten Erik geblieben, während die übrigen drei sie abholten. Doch als sie näherkamen, bedurfte es nur einer flüchtigen Begutachtung ihrer Gesichter, um zu verstehen, dass ihre Geschichte eine ganz andere war – eine viel schrecklichere.

Mike trat als Erstes an sie heran.

»Erik?«, fragte sie.

Sein Kopfschütteln und Dannys fahle Gesichtszüge gaben ihr jede Antwort, die sie brauchte.

»Und Gus?«

»Das Gleiche wie mit Erik«, antwortete Danny dumpf. »Zumindest vermuten wir das. Wir haben ihn bis jetzt noch nicht gefunden.«

»Also könnte er noch am Leben sein?«

Danny schüttelte wortlos den Kopf.

Dank Nobles Gefühllosigkeit erhielt sie jetzt alle Informationen, nach denen sie verlangte. »Da war viel zu viel Blut, als dass Gus es überlebt haben könnte, und Erik wurde in Stücke gerissen, wie eine Stoffpuppe von einem zornigen Kind. Ich habe dabei zugeschaut und …«

»Es reicht«, unterbrach ihn Mike tonlos. »Sie weiß für den Moment alles, was sie wissen muss.«

Das Wetter verschlechterte sich immer schneller. Über ihnen ballten sich bereits schwere, graue Wolkenbänke zusammen. Danny sagte daher: »Wir gehen zurück, und zwar jetzt sofort. Wenn wir uns beeilen, sind wir wieder an unserem Camp von letzter Nacht, bevor uns das Wetter einen Strich durch die Rechnung macht, und damit zugleich auch in Sicherheit.«

Ein Gemisch aus Regentropfen und Graupeln prasselte jetzt auf den Boden. Wie aus dem Nichts kam außerdem ein starker Wind auf und fauchte durch das Tal.

»Wenn Sie es sagen«, kommentierte Noble mit einem sarkastischen Unterton in der Stimme.

***

Dennoch wollte Danny an seinem Entschluss festhalten. Da Mike ziemlich fertig zu sein schien und Jess von ihren Prellungen gequält wurde, sagte sie: »Keiner von uns ist gerade fit genug für eine Wanderung. Hier haben wir zumindest einen Unterschlupf.«

»Ihr steht nun alle unter meiner Verantwortung. Ich möchte nur das Richtige tun.«

»Richtig wäre es, ein Feuer in Gang zu bringen, uns auszuruhen und im ersten Tageslicht loszumarschieren. Wie wäre es mit einem schönen Becher Kaffee?«

»Klingt gut.«

Während Jess alles daran setzte, Danny seinen Plan auszureden, hatten Mike und Noble ihre Streitigkeiten offenbar kurzzeitig vergessen und waren neugierig in den Tunnel gegangen. Im Vorbeigehen entflammten sie mithilfe von Nobles Feuerzeug die Wandlampen und unterhielten sich dabei aufgekratzt.

Jess hatte keinerlei Ansporn, sie zu begleiten, denn jegliches Goldfieber, das sie bisher angespornt hatte, war im Laufe dieses fürchterlichen Tages erloschen.

»Gibt es noch irgendeine Hoffnung für die Vermissten?«, fragte sie leise.

»Für Erik mit Sicherheit nicht. Da hatte Noble recht. Was Gus anbelangt … ich glaube, ihn hat es auch erwischt, denn er hat massig Blut verloren und man hat ihn nicht mehr schießen gehört. Er hätte doch bestimmt von seiner Waffe Gebrauch gemacht, wenn er dazu noch fähig gewesen wäre. In was zum Teufel sind wir da bloß hineingeraten?«

Jess erzählte ihm daraufhin von den Mammuts und Danny lachte bitter.

»Fellelefanten und ich lege noch einen Säbelzahntiger dazu auf den Tisch. Ich bin mir nämlich ziemlich sicher, dass es eines von diesen Viechern war, das Gus und Erik angegriffen hat. Ich will verdammt sein, wenn ich mir irgendeinen Reim auf das Ganze machen kann. Riesenadler, Mammuts und Säbelzahntiger sind doch längst ausgestorben. Wie kann so ein Mist mitten in Kanada passieren?«

»Wir haben es hier mit einem komplett abgeschlossenen Ökosystem zu tun«, antwortete Jess. »Mit einer vergessenen Welt.«

»Jetzt ist sie nicht mehr vergessen.« Danny reichte ihr einen Becher Kaffee. »Solltest du nicht bei den anderen sein und mit ihnen zusammen das legendäre Gold suchen?«

»Im Moment ist mir ein Kaffee weitaus wichtiger«, meinte sie.

***

Mikes enthusiastischer Ruf »Wir haben es gefunden! Wir sind reich!«, der aus dem Stollen an die Oberfläche drang, rang Danny ein schmales Lächeln ab. »Zumindest einer scheint momentan glücklich zu sein.« Er griff nach ihrem Becher und sagte: »Du solltest mal nachsehen gehen, was dort unten los ist. Ich bewache in der Zeit den Eingang. Meldet euch, wenn irgendwas ist.«

Mike schrie immer noch überdreht herum, als Jess in dem Stollen verschwand. Ihr Schatten flackerte und tanzte dabei im Schein der Ölleuchten.

Je tiefer sie kam, desto wärmer wurde es. Aber sie musste nicht sehr weit gehen, bis der Schacht in eine geräumige Felskammer mündete. Mike und Noble hielten ihre Laternen in die Höhe und tasteten eine der Wände ab. Hinter ihnen funkelte tatsächlich eine Goldader von anderthalb Metern Breite, die sich über die gesamte Länge der hinteren Gesteinswand erstreckte, von wo aus sie offenbar noch tiefer in den Fels verlief.

»Wir sind reich«, verkündete Noble ausgelassen. »Wir sind so gottverdammt reich!«

»Ja, wir alle ... außer Erik«, erwiderte Jess bitter.

»Sei doch keine Spielverderberin«, ermahnte sie Noble. »Lasst uns einfach den Moment genießen.«

Jess biss sich auf die Zunge und schluckte die gepfefferte Antwort auf ihrer Zunge herunter. Etwas auf der Felswand erregte jetzt ihre Aufmerksamkeit. Nicht das Edelmetall, sondern etwas auf einer der anderen Wände. »Komm bitte mal mit dem Licht hier rüber, Mike.«

»Da ist doch gar kein Gold«, warf Noble ein.

»Es geht mir gerade auch nicht um das Gold.« Jess dirigierte Mikes Arm mit der Lampe dicht an den Felsen heran. Dort hatte jemand ein Stück der glatten Oberfläche bemalt. Neben roten und weißen Handabdrücken verzierten Abbildungen von speerschwingenden Gestalten die Wand. Bei manchen handelte es sich um Menschen, bei anderen, aus deren Schädeln Geweihe sprossen, offenkundig nicht. Außerdem verfügten Letztere über vier Beine. Neben den mutmaßlichen Hirschen jagten Zweibeiner eine Herde von Mammuts.

»Das habe ich schon gesehen, als wir reinkamen«, warf Noble ein. »Alte, naive Kunst. Die kann uns doch egal sein.«

»Naiv ja, aber alt? Ich glaube eher nicht«, konterte Jess. »Bist du so blöd, oder kapierst du es einfach nicht? Wir sind hier nicht in einer natürlichen Höhle, sondern in einer künstlich geschaffenen Mine, angelegt von Menschen, die hinter dem Gleichen her waren, wie wir. Die Wandgemälde müssen also relativ neu sein.«

»Na und?«, meinte Noble gedehnt.

»Das bedeutet, dass wir vielleicht nicht allein in diesem Tal sind. Falls hier tatsächlich indigene Menschen hausen, gehört das Gold nicht uns, sondern ihnen.«

Noble kochte vor Wut, als sie die Kammer verließen und zu Danny zurückkehrten, der inzwischen eine zweite Kanne Kaffee aufgesetzt hatte.

»Was sie nicht wissen, macht sie auch nicht heiß«, sagte Noble entschieden. »Wir können den Claim für uns beanspruchen und das Gold abbauen, ohne dass sie überhaupt verstehen, was wir hier tun.«

»So funktioniert das aber nicht«, korrigierte ihn Jess. »Und das weißt du selbst ganz genau. Wir müssten zuerst eine Lizenz erwerben und dann feste Regeln einhalten. Der Gesetzgeber …«

»Scheiß auf den Gesetzgeber«, fuhr Noble ihr ins Wort. »Wir haben es gefunden, also ist es unser Eigentum. Punkt. Aus. Ende.«

Noble argumentierte wie ein kleines Kind, und Jess wurde klar, dass er mit Vernunft nicht zu überzeugen sein würde. Solange sie in unmittelbarer Umgebung des Schatzes weilten, würde sein Verstand wohl benebelt bleiben.

Und wir stecken bis morgen hier fest, und zwar ohne Wenn und Aber.

Der schwere Eisregen, der draußen niederging, erlangte jetzt eine neue Stufe der Intensität. Der Wind pfiff in den Höhleneingang hinein und ließ die Flammen ihres kleinen Feuers hell aufflackern.

»Seid ihr jetzt reich?«, fragte Danny in die Runde.

»Hm«, brummte Jess und schenkte sich einen heißen Kaffee ein. »Es gibt da aber etwas, das du wissen solltest.« Sie berichtete ihm daraufhin von den unterirdischen Höhlenmalereien und er hörte ihr nachdenklich zu.

»Schon seit Langem kursieren Geschichten über Indianerstämme hier in den Bergen, die einst nach Norden geflohen sind, um dem Krieg und der Reservation entgehen zu können. Vielleicht sind wir ja über einen davon gestolpert.«

»Nach allem, was wir heute durchgemacht haben«, antwortete Jess, »könnte ich mir das sehr gut vorstellen.«

DAMALS

Der Tiger hat letzte Nacht Franks geholt, während dieser gemeinsam mit Jeffries Wache gehalten hat, obwohl die beiden ein beachtliches Lagerfeuer entfacht hatten. Die Bestie scheint keine Angst zu fühlen, weder vor uns noch vor den Flammen. Sie schnappte Franks einfach und zerrte ihn in die Finsternis, bevor Jeffries ihr Auftauchen überhaupt bemerkt hat. Franks laute Schreie und deren Echo von den Bergwänden raubten uns allen den Schlaf. Seine Leiden währten glücklicherweise nur kurz.

Im ersten Licht des neuen Tages brach ich mit Williamson zusammen auf, um den Leichnam zu bergen. Doch wir fanden keine Spur davon. Die Menge der Blutlachen auf dem Erdboden erweckt den Anschein, als habe die Bestie den bedauernswerten Mann mit Haut und Haaren verschlungen.

Wir befinden uns hier an einem höllischen und abscheulichen Ort und der Tiger, so monströs er auch sein mag, ist bei Weitem nicht unser drängendstes Kümmernis.

Denn es steht unumwunden fest, dass wir nicht allein in diesem Tal sind. Hier fristet offenbar ein Stamm Wilder sein Leben, der es bislang geschafft hat, sich im Verborgenen zu halten. Doch wir haben sie auf den nördlichen Höhenzügen aus der Ferne ausgemacht. Johnson berichtete, zwei der Indianer seien gestern in bedenklicher Nähe zu ihm durch das Gebüsch geschlichen. Bis auf Röcke aus Leder und Pelz waren sie vollkommen nackt. Sie waren von gedrungener Statur und ihre Bewegungen glichen denen eines Bären. Johnson hat aus seinem Gewehr einen Warnschuss über ihre Köpfe abgegeben, woraufhin sie tief in den Wald entfleuchten. Ich wäre nicht verwundert, wenn sie mich gerade jetzt, während ich dies schreibe, genauestens beobachteten. Wir entdeckten auch zahlreiche Andeutungen ihrer Aktivitäten in dieser Gegend, insbesondere ihre Hatz auf die haarigen Elefanten, die sie offenbar mit kruden Speeren zur Strecke bringen und deren Fleisch sie direkt an Ort und Stelle zerteilen.

Doch solange die Wilden Distanz halten und wir im Besitz von Schusswaffen sind, müssen wir uns keinen Sorgen machen.

Die Wölfe hingegen sind ein ganz anderes Thema.

Nicht nur die Indianer hinterlassen Zeugnisse ihrer jagdlichen Tätigkeiten. Die Wölfe sind hier ebenfalls weniger scheu als gewohnt. Kurz nach dem Aufstehen habe ich vor der Höhle meine Glieder gereckt und dabei beobachtet, wie eines ihrer Rudel einem jungen Wollelefanten zum Verhängnis wurde. Ihr Gebell und Geheul war allerorts im Tal lautstark zu vernehmen, als sie ihrer bedauernswerten Beute erbarmungslos nachsetzten. Gleich Abkömmlingen des Schattenreichs stimmen sie des Nachts fortwährend einen Gesang von Blut und Tod an, der mich bis in meine Träume als Alp heimsucht.

Zumindest speisen und trinken wir gut, denn Johnson hat vorhin einen mächtigen Elch mit einem einzigen, wohl platzierten Schuss erlegt, dessen zweieinhalb Meter umspannendes Geweih kaum einen Weg in das Trophäenzimmer des Schützen finden wird. Doch so haben wir nun sattsam Fleisch für viele Tage. Nicht weit im Süden entspringt außerdem eine Frischwasserquelle aus dem Berg und die umliegenden Sträucher quellen über vor schmackhaften Früchten sämtlicher Couleur.

Welch Idyll, wären da nicht die schauderhaften Bestien.

***

Wir bauen Stein ab bis an die Grenze der vollkommenen Erschöpfung. Die Goldader liegt nun frei und es wird stetig gewisser, dass wir sie ohne besseres Werkzeug nicht ausbeuten können. Ich habe versucht, Johnson von diesem Fakt zu überzeugen, doch er will nicht hören. Das Goldfieber hat ihn übermannt und er kann es offenbar nur schwerlich abschütteln. Williamson, Jeffries und meine Wenigkeit haben hingegen beschlossen, morgen aufzubrechen und mit leistungsfähigerem Werkzeug wiederzukehren. Wir müssen Johnson nur noch davon überzeugen, mitzukommen. Ohne uns wird er schwerlich lange überleben.

DANNY

Die übrigen drei stritten noch immer über ihren Fund. Danny hatte die Nase endgültig voll davon und blendete ihr Geplärre aus. Er brütete stattdessen über die Sekunden nach, die zwischen dem Moment lagen, als Gus etwas zwischen den Bäumen gehört hatte und der Sekunde, in der sein Freund verschleppt worden war.

Hätte ich irgendetwas anders machen können?

Es hatte sich dabei nur um Sekunden gehandelt. Jedes Fitzelchen dieser Zeitspanne hatte sich ihm tief ins Gedächtnis gebrannt, insbesondere der rote Sprühregen, nachdem er das Biest getroffen hatte.

Hätte ich es vielleicht tödlich treffen können?

Doch je mehr er darüber nachgrübelte, desto sicherer wurde er sich, dass er die richtige Entscheidung getroffen hatte. Ein weiterer Schuss wäre einfach zu riskant gewesen, denn dieser hätte eventuell Gus treffen können.

Er wäre so oder so gestorben.

Danny versuchte den Gedanken wütend beiseitezuschieben, erhob sich, ging zum Ausgang der Höhle und starrte in die hereinbrechende Dämmerung. Schon bald würde es stockfinstere Nacht sein und sie saßen an diesem Ort fest.

Danny hatte nicht vor, auch nur einen Schritt ins Freie zu treten, denn ein zweites Mal würde er sich ganz bestimmt nicht kalt auf dem falschen Fuß erwischen lassen.

***

Noble kam plötzlich aus dem Stollen. Im Vorbeilaufen brüllte er: »Ich gebe einen verfluchten Scheiß auf irgendwelche Primitiven! *Wir* haben das Gold gefunden. Es gehört uns!«

Er spazierte einige Meter nach draußen, und vor lauter Wut machte er sich weder über den Eisregen noch über die Gefahr durch Raubtiere Gedanken, für die er ein extremes leichtes Ziel bot.

Mike rannte hinter Noble her. Er wagte sich zwar weniger weit aus der Höhle, aber auch er stand wie auf dem Präsentierteller da. »Komm wieder rein, Noble. Sei nicht dumm.«

Danny hingegen bekam keine Gelegenheit mehr auch nur einen der beiden zu ermahnen, denn etwas schepperte jetzt laut neben Noble auf den Boden. Es klang wie Stein, der auf Stein prallte. Mike drehte sich hastig zu Danny um und seine Lippen formten sich zu einer Frage. In diesem Moment schoss etwas blitzschnell aus dem Zwielicht hervor. Der Speer durchbohrte Mike in Sekundenbruchteilen, und dieser fiel mit einem erstaunten Grunzen nach vorn um.

Mit offenem Mund erstarrte Noble auf dem Fleck.

Danny rannte zu Mike hinüber und kniete sich neben ihm nieder. Der Speerschaft ragte zwischen seinen Schulterblättern aus der gefütterten Jacke senkrecht in die Höhe. Blut sickerte aus der Wunde … viel Blut … viel zu viel.

»Ich brauche Hilfe«, rief Danny.

Doch Noble verharrte immer noch wie angewurzelt an derselben Stelle, selbst als ein gewaltiger Felsbrocken von oben ganz in seiner Nähe auf den Boden knallte.

Jess eilte zu Dannys Unterstützung herbei und zusammen schleiften sie Mike in die Sicherheit der Höhle.

Als Danny herausrannte, um nach Noble zu sehen, stand dieser immer noch stocksteif dort, wo er zuvor gewesen war. Er musste ihn regelrecht in die Höhle zerren. Währenddessen schwirrte ein weiterer Speer mit einer Steinspitze knapp an ihnen vorbei. Als Noble in Sicherheit war, holte Danny schnell seine Waffe und gab auf gut Glück zwei Schüsse in die Richtung ab, aus der die Wurfgeschosse geschleudert worden waren.

Von da an regte sich draußen nichts mehr.

***

»Wie geht es ihm?«, rief Danny fragend in den Stollen hinein.

»Mies«, verkündete Jess.

Er überlegte, ob er ihr helfen sollte, entschied sich dann aber dagegen, da Jess bereits mehrmals unter Beweis gestellt hatte, dass sie genau wusste, was sie tat. Außerdem wäre es total verrückt, den Eingang unbewacht zu lassen. Danny lehnte sich daher mit dem Rücken an die linke Stollenwand nahe dem Eingang und hielt das Gewehr für einen neuen Angriff schussbereit.

Doch es kam keiner. Alles, was er hörte, war Mikes Stöhnen und wie jemand Stoff für einen Feldverband abriss – höchstwahrscheinlich Jess.

Ein paar Minuten später schlurfte Noble, den Speer in den Händen, auf Danny zu. Als er bei ihm war, sagte er bedrückt: »Jess meint, du sollst das Ding mal genauer unter die Lupe nehmen.«

Danny war froh, dass der Typ inzwischen offenbar dazugelernt hatte und in Deckung blieb. Der Schaft des Speers war aus Holz gearbeitet und an der Spitze befand sich ein scharf geschliffener, mit Lederbändern befestigter Stein. Mikes Blut glänzte auf der ganzen Steinspitze, dem Leder und einem guten Stück des Schafts. Die Waffe erweckte nicht den Eindruck, als sei sie von amerikanischen Ureinwohnern gefertigt worden – weder in Bezug auf die Form noch die Funktion. Genau wie die Tiere, die hier lebten, wirkte sie, als habe sie sich aus einem Museum in die Rocky Mountains verirrt. Danny erinnerte sich jetzt wieder daran, wie er zu Jess gesagt hatte: *Worauf zum Teufel haben wir uns da bloß eingelassen?* Die gleiche Frage beschäftigte ihn aktuell mehr denn je.

Er warf die prähistorische Waffe ins Freie, wo sie neben dem zweiten Speer liegen blieb.

Noble lungerte immer noch in Dannys Rücken herum. Er wagte es noch nicht einmal, Augenkontakt aufzunehmen. »Mikes Zustand ist echt beschissen«, presste Noble schließlich hervor. Nach einer kurzen Pause fuhr er fort: »Das ist alles nur meine Schuld, oder?«

Danny hatte keine Antwort für ihn parat, zumindest keine, die ihm geschmeckt hätte. Als er nach einer Weile immer noch nichts gesagt hatte, trottete Noble wieder in den Schacht zurück. Danny roch das Aroma frischen

Kaffees, das von unten nach oben wehte, und nach fünf Minuten erschien Jess mit zwei dampfenden Bechern in der Hand. Sie war klug genug, dicht an der Wand entlangzulaufen, sodass sie kein Ziel für ihre Feinde bot.

»Sind wir hier sicher?«, fragte sie, als sie Danny das Getränk reichte. Danny nahm den Becher dankbar in Empfang.

»So sicher wie es in Anbetracht der ganzen Situation denkbar ist. Aber wir müssen so bald wie möglich hier weg. Mike benötigt dringend einen Arzt.«

»Er benötigt ein Wunder«, antwortete Jess offen und Danny bemerkte erst jetzt, dass sie geweint hatte. »Die Wunde ist extrem tief und zerklüftet. Ich habe ihn so gut ich konnte, verbunden, aber das Blut quillt bereits wieder durch die Bandagen. Ich habe ihn in einen der Schlafsäcke eingepackt. Es würde mich wundern, wenn er diesen lebend wieder verlässt. Er hat leider schon viel zu viel Blut verloren.«

Danny hatte die große Blutlache vor dem Zugang geflissentlich ignoriert, ebenso die fußbreiten Blutschlieren, die sich von dort in die Höhle hinein ausdehnten. Er sah, wie Jess das Blut betrachtete, und mied wohlweislich ihren Blick. Er wechselte nun das Thema: »Der Speer … hast du so etwas schon mal irgendwo gesehen?«

»Das alles hier sollte sich in einem Museum befinden. Was glaubst du, wer die Angreifer sind?«

»Ich wollte dir eigentlich gerade die gleiche Frage stellen. Du hast vorhin den Begriff abgeschlossenes Ökosystem verwendet. Könnten wir es hier mit einer vergessenen Population von Urmenschen zu tun haben? So wie einer von diesen Stämmen, die manchmal im Amazonasbecken entdeckt werden?«

»Ich denke, alles ist vorstellbar. Doch was mich im Moment am meisten interessiert, ist, dass wir hier wieder gesund herauskommen.«

»Du und ich«, antwortete Danny. »Aber nicht heute Nacht. In der Dunkelheit ist es zu schwierig zu wandern.«

Er war sich nicht einmal sicher, ob es bei Tageslicht funktionieren würde. Zumindest nicht mit einem Schwerverwundeten an ihrer Seite. Aber das musste sie jetzt nicht auch noch hören, denn ihre Augen waren so trüb, wie bei jemandem, der einen Schock erlitten hatte.

Ich muss sie irgendwie beschäftigen. Wenn nur einer von uns darüber ins Grübeln gerät, was uns bis jetzt schon alles passiert ist, können wir uns gleich zum Sterben hinlegen.

»Könntest du mir einen Gefallen tun?«, fragte er. »Könntest du einen Eintopf für uns kochen? Wir müssen nämlich dringend etwas in den Magen bekommen. Der Topf und die Konservendosen sind in meinem Rucksack, neben dem Campingofen.«

Sie salutierte satirisch und zeigte dabei den Ansatz eines Lächelns. Das war zwar wenig, aber zumindest etwas, auf das man aufbauen konnte.

***

Danny spürte, wie ihn Spannungskopfschmerzen befielen, verursacht durch das konstante, angestrengte Starren in die Finsternis. Er versuchte sich zu entspannen. Der Kaffee war äußerst hilfreich. Jahre nachdem er das Rauchen aufgegeben hatte, verspürte er erstmals wieder den überwältigenden Drang nach einer Zigarette. Dieser Gedanke brachte ihn unweigerlich zum Lachen.

Zumindest eine Sache, von der ich mit Bestimmtheit weiß, dass sie hier nicht geschehen wird.

Nichts regte sich im Tal und kein Geräusch erklang, außer dem Prasseln des Eisregens auf dem felsigen Untergrund. Die steife Brise traf seine Wangen und er zog den Reißverschluss seiner Jacke bis unter das Kinn hoch. Trotz allem dachte er nicht daran, sich tiefer in die Höhle zurückzuziehen, denn er gab sich keinen naiven Illusionen hin.

Wenn ich nach ihnen Ausschau halte, halten sie verdammt sicher auch nach mir Ausschau.

Jess kam jetzt mit einer Schüssel Eintopf zu ihm, und er stellte das Gewehr neben sich an der Wand ab. Er vergewisserte sich allerdings, dass er es mit einem Handgriff schnappen konnte, falls ein Angriff stattfinden würde. Jess leiste ihm Gesellschaft, während er aß.

»Wie geht es Mike?«, fragte er.

»Leider keine Besserung, und Noble hockt einfach nur rum und starrt vor sich hin wie ein Zombie. Ich habe Mikes Smartphone ausprobiert, aber es gibt hier keinen Empfang. Das GPS funktioniert auch nicht richtig, es wirkt so, als würde irgendetwas die Schaltkreise des Telefons blockieren. Wenn wir hier rauskommen möchten, müssen wir es anscheinend allein auf die Reihe kriegen.«

»Ich weiß.« Danny gestikulierte mit der linken Hand in Richtung Ausgang. »Es wäre Selbstmord in der Dunkelheit loszumarschieren. Aber im Morgengrauen brechen wir sofort auf.«

»Und wenn unsere Freunde da draußen etwas dagegen haben?«

Er händigte ihr die leere Schüssel aus und nahm sein Gewehr wieder zur Hand. »Ich habe zwei Dutzend volle Magazine für das Baby. Sie werden also schnell merken, dass die Zeit für Speere mit Steinspitzen längst vorbei ist.« Er sprach allerdings mit deutlich mehr Zuversicht als ihn tatsächlich erfüllte.

Außerdem rede ich gerade davon, Menschen zu erschießen. Bin ich dazu gegebenenfalls denn wirklich in der Lage?

***

Im Stollen leuchtete das flackernde Orange eines kleinen Feuers auf. Jetzt, da es vollkommen dunkel geworden war, zeichnete sich der Eingang zu ihrem Unterschlupf deutlich ab.

Wir brauchen das Feuer, um uns besser zu fühlen, und auch wegen der Wärme, aber es verrät jedem, wo wir sind, dachte Danny.

Doch er ließ es weiterbrennen. Als Bergführer wusste er um die Wichtigkeit der Wärme für Mike. Er vergewisserte sich lediglich, dass er selbst ununterbrochen im Schatten blieb und sich seine Silhouette nicht gegen das schwache Licht abzeichnete.

Seit er die beiden Schüsse abgegeben hatte, hatte sich draußen nichts mehr gerührt. Seine Hoffnungen gründeten darin, dass die Angreifer, wer auch immer sie sein mochten, so primitiv waren, wie es ihre Waffen erahnen ließen, und dass sie vor dem heutigen Tag noch nie einen Schuss gehört hatten. Eine sehr geringe Hoffnung, aber sie war momentan alles, an was er sich noch klammern konnte.

JESS

Mike würde bald sterben. Alle im Stollen Anwesenden hegten daran keinerlei Zweifel mehr. Niemand sprach. Noble hockte allein etwas abseits, den Rücken an die Wand gelehnt, und starrte in die lodernden Flammen des Feuers. Jess saß auf ihrem Rucksack neben Mike, der in seinem Schlafsack am Boden lag. Vor zehn Minuten hatte er eine Hand nach ihr ausgestreckt und sie hatte diese in die ihrige genommen. Sie fühlte sich an wie eine Portion kaltes Fleisch. Der Schlafsack hatte sich mittlerweile mit dem Blut des Verwundeten vollgesogen. Was noch an Vitalität in ihm pulsierte, strebte langsam seinem Ende entgegen. Alles, was Jess jetzt noch für ihn tun konnte, war seine Hand zu halten.

Er versuchte zu sprechen. Erst einmal, dann noch einmal, aber die Anstrengung war zu groß für ihn. Seine Augenlider flatterten wild, seine grauen Lippen klafften auseinander und eine steinfarbene Zunge kam zum Vorschein. Nur ein Gurgeln entrang sich seinen Lippen. Jess verabreichte ihm etwas Wasser. Zum Dank drückte er schwach ihre Hand. Mehr Kommunikation war ihm unmöglich.

Jess fühlte sich hilfloser als je zuvor in ihrem Dasein. Sie überlegte, Mike aus dem Schlafsack zu holen, um einen Versuch zu starten, die Wunde zu verschließen und ihn frisch zu verbinden, doch ihre Furcht, dass selbst die kleinste Bewegung ihm ernsthaft schaden könnte, bewog sie dazu, darauf zu verzichten.

Also blieb sie im flackernden Schein des Feuers sitzen und hielt stumm die Hand des sterbenden Mannes. Sie spürte, wie die letzte Wärme aus seinen Fingern entwich. Jess wusste, dass sie diese Minuten niemals vergessen würde, egal wie lange sie lebte. Draußen musste es inzwischen vollständig dunkel sein. Das Feuer brannte niedrig und verglomm allmählich. Als sie Mikes Hand loslassen wollte, um es wieder anzufachen, griff Mike plötzlich fest zu und umklammerte sie wie mit einem Schraubstock.

»Boss«, sagte sie leise. »Sieh bitte nach dem Feuer. Wir dürfen es nicht ausgehen lassen.«

Doch Noble reagierte nicht. Sein Gesicht war wie in Stein gemeißelt und er starrte wie hypnotisiert in die erlöschenden Flammen.

»Ach leck mich doch am Arsch«, fauchte Jess frustriert. Sie musste sämtliche Kräfte mobilisieren, um sich aus Mikes Griff lösen zu können. Schuldgefühle plagten sie, als sich die Finger seiner Hand verzweifelt auf der Suche nach einer menschlichen Berührung öffneten und schlossen.

»Halt durch, Mike«, flüsterte Jess. »Ich kümmere mich nur kurz um das Feuer. Ich bin gleich wieder bei dir.«

Als sie das Feuer gerade mit trockenem Holz aus ihrem zusammengesammelten Vorrat fütterte, rief Danny vom Eingang aus: »Ich könnte einen Kaffee zum Wachhalten vertragen, falls es möglich ist.«

Sosehr sie sich auch wünschte, schnellstens zu Mike zurückkehren zu können, so sehr war ihr auch klar, dass der Schlüssel dazu, die Nacht heil zu überleben, darin lag, dass Danny nicht müde wurde. Sobald sie mit dem Feuer fertig war, überprüfte sie kurz, ob Mike noch unter den Lebenden weilte, dann entzündete sie den Campingofen und brühte einen Kaffee auf. Dazu verwendete sie die letzte Flasche sauberen Trinkwassers, die sich noch in ihrem Besitz befand.

Sie wollte noch einmal nach Mike sehen, bevor sie Danny den Kaffee brachte. Er hatte die Augen geschlossen, doch als er ihre Anwesenheit spürte, gingen seine Finger langsam auf und zu. Jess Kehle schnürte sich zusammen und ein starkes Bedürfnis nach frischer Luft stieg in ihr auf. Sie unterdrückte den Schrei, der sich in ihrer Brust zusammenballte und ging mit zwei Bechern Kaffee zum Ausgang.

Danny drehte sich sofort um, als sie näherkam. Seine Augen reflektierten den Flammenschein. Während sie ihm einen der beiden Becher überreichte, huschte vor dem Höhleneingang plötzlich ein dunkler Schatten vorbei.

Der besorgte Blick, den sie über seine Schulter warf, verriet Danny sofort, dass draußen etwas nicht in Ordnung war. Er wirbelte in einer fließenden Bewegung herum und riss dabei das Gewehr hoch.

Der Schuss, den er abfeuerte, klang ohrenbetäubend laut. Das Echo hallte von den Felswänden bis in die Niederungen nach. Der Mündungsblitz erzeugte einen gelben, langsam schwindenden Widerschein auf Jess Netzhaut. Trotzdem konnte sie die Leiche deutlich erkennen. Weniger als vier Meter von ihnen entfernt, lag ein Mann von schwerem gedrungenen Körperbau auf der Erde. Der Treffer hatte ihm den halben Kopf weggeblasen.

***

Bevor Jess das Ganze richtig realisieren konnte, erschien in der Finsternis eine zweite Gestalt. Danny schoss erneut, doch dieses Mal verfehlte er und der Angreifer rückte weiter vor.

Hastig lud er nach.

Jess nächste Aktion erwuchs aus purem Instinktverhalten. Sie machte einen Ausfallschritt nach vorn und schüttete dem Eindringling den heißen Kaffee mitten ins Gesicht. Er stoppte und schrie vor Überraschung auf. Dann schubste Danny Jess plötzlich zur Seite und verpasste dem Angreifer in aller Seelenruhe eine Kugel direkt in den Kopf. Anschließend versetzte er der Leiche einen Tritt, sodass sie zu der anderen rollte.

»Schätze mal, eine unserer offenen Fragen wurde soeben geklärt«, sagte er und schob Jess in das Innere der Höhle hinein. Den Karabiner schussbereit, stellte er sich neben sie und spähte in die schwarze Nacht hinaus.

Doch es folgte keine weitere Attacke.

»Danke für den Kaffee«, sagte Danny todernst und gemeinsam schütteten sie sich aus vor Lachen – sowohl aus Erleichterung als auch wegen des Adrenalinschocks.

»Freut mich, dass ihr so gute Laune habt, obwohl wir gerade so richtig in der Scheiße stecken«, rief Noble von hinten. »Ach, und übrigens, Mike ist tot.«

Nachdem sie zu Mike zurückgekehrt war, nahm Jess als Erstes seine Hand in die ihrige. Sie war so kalt wie das Gestein, auf dem ihr Freund ruhte. »Oh Mike, es tut mir so leid.«

»Ich bin dafür, dass wir sofort von hier abhauen. Du auch?«, fragte Noble.

Es dauerte eine Sekunde, bis sie begriff, dass er gerade mit ihr sprach. Sie antwortete mit einer Gegenfrage: »Bist du verrückt? Hast du die beiden Leichen da draußen nicht gesehen? Wer weiß, wie viele von denen sich noch in der Gegend herumtreiben und nur darauf warten, dass wir etwas Dummes tun.«

»Also bleiben wir einfach hier sitzen, bis wir verhungert sind oder sie uns einen nach dem anderen erledigt haben? Mike war doch nur der Anfang.«

»Hast du vielleicht einen besseren Plan?«

»Wir löschen zuerst das Feuer«, meinte Noble, »denn es könnte eine anziehende Wirkung auf sie haben. Danach schleichen wir uns im Schutz der Dunkelheit davon. Dein neuer Kumpel ist doch so ein Landei. Wenn uns jemand hier rausholen kann, dann doch er.«

»Und was ist mit Mike?«

Noble quittierte ihre Frage mit einem ausdruckslosen Gesicht. Ihr wurde bewusst, dass Mike, so wie schon davor Erik, für Noble keine Rolle mehr spielte.

Und mich würde er genauso kaltherzig vergessen, dachte Jess und sagte: »Danny ist der Meinung, dass wir bis zum Morgen warten sollten.«

»Danny, der Mann, der alles kann.«

»Wie alt bist du eigentlich? Zwölf? Halt doch einfach die Fresse! Wir sollten etwas mehr Respekt für Mike zeigen.«

Sie rechnete damit, dass er weiter auf sie einreden würde, aber er setzte sich wieder an die Wand und konzentrierte sich nur auf das Feuer. Jess versuchte ihn aus ihren Gedanken zu verscheuchen und ging zu Mike. Sie konnte ihn nicht einfach so hier liegen lassen, aber sie hatte auch keine Idee, was sie als Nächstes unternehmen sollte. Sie wusste nicht, ob Mike religiös gewesen war, dennoch senkte sie den Kopf, verschränkte die Hände und sprach ein Gebet für ihn, das sie noch aus ihrer Kindheit kannte. Dann steckte sie seinen heraushängenden Arm in den Schlafsack zurück, stülpte diesen über seinen Kopf und zog den Reißverschluss vollständig zu. Als sie die schwere Leiche mühsam wegzog, rührte Noble keinen Finger. Sie brachte Mike in die Kammer mit der Goldader und hinterließ dabei eine breite Blutspur auf dem Boden. Als ihr die Gegenwart des Toten zu viel wurde, flüchtete sie zum Ausgang.

***

Dort stand Danny, an die Wand gelehnt, und wartete auf einen eventuellen Angriff.

»Er hatte recht. Mike ist tot«, berichtete Jess leise.

»Das tut mir leid. Im Moment gibt es jedoch nichts, was wir für ihn tun können. Aber es gibt etwas, das du für mich machen könntest.«

»Alles … alles was du willst. Ich benötige sowieso dringend Beschäftigung.«

»Okay, dann bring mir bitte eine Lampe, denn ich möchte die beiden Kerle, die ich erschossen habe, genauer inspizieren. Es ist einfach zu dunkel, um Einzelheiten erkennen zu können. Irgendetwas stimmt mit ihnen nicht und ich wüsste zu gern, was.«

Jess holte eine der Lampen, die überall an der Wand hingen.

Danny zündete sie mit seinem Feuerzeug an, und dann bewegten Jess und er sich eine Zeit lang gar nicht, da sie fürchteten, die Lichtquelle können eine erneute Attacke provozieren. Aber es tat sich nichts. Danny nickte ihr zu und sie schlich daraufhin zu den beiden Leichen hinüber.

Sofort realisierte sie, was Danny so beunruhigt hatte.

Sie sehen nicht wie normale Menschen aus.

Jess beugte sich über eine der Leichen. Unter massiven Brauen versanken die Pupillen des Verstorbenen tief in dessen Augenhöhlen. Aus seinem flachen Gesicht ragte eine enorme Nase, die wirkte, als sei sie bis über die Wangen platt gedrückt worden. Auf dem Kopf wucherte eine schwarze, zottelige Mähne. Der Rumpf war breitschultrig und von merkwürdiger Kompaktheit. Am Oberkörper trug die Leiche keine Kleidung, nur ein Fellrock bedeckte den Körper von der Hüfte bis zu den Knien. Die stämmigen, muskulösen Unterschenkel erweckten den Eindruck, als seien sie zu kurz für den bulligen Leib des maximal anderthalb Meter großen Mannes.

Hätte Jess zuvor nicht schon die Mammuts gesehen, hätte sie vielleicht länger benötigt, um zu begreifen, womit sie es hier zu tun hatte, denn auch der Tote gehörte eigentlich in ein Museum.

»Irgendetwas an ihm ist faul«, meinte Danny. »Kannst du erkennen was?«

»Oberfaul sogar, und das sind definitiv keine Indianer.«

»Was denn sonst?«

»Neandertaler!«

DAMALS

Dies wird der letzte Eintrag in meinem Notizbuch sein, denn ich schreibe ihn auf meinem Totenbett und ich kann mich selig wähnen, dass ich wahrhaftig auf einem richtigen Bett liege, denn niemals hätte ich geglaubt, jemals wieder in den Genuss eines solchen zu kommen. Man hat mir versichert, ich befände mich in Banff, doch es könnte sich gleichwohl um jenes in Schottland handeln wie um jenes in Kanada, denn ich kann den Wahrheitsgehalt dieser Aussage nur schlecht verifizieren, da ich von der Ortschaft nichts zu sehen bekam. Ich halte mich in einem kleinen Zimmer mit einem einzigen, hohen Fenster auf und ich bin zu geschwächt, um aufzustehen und es zu öffnen. Sie meinen, ich sei seit einer Woche hier und ich würde das Ende der zweiten wohl nicht mehr erleben. Ich bin in diesem wunderbar weichen Bett erwacht, ohne Andenken an Vergangenes, außer meiner

Flucht durch den Kiefernwald vor den Schrecken, die mich terrorisierten. Ich habe unser ehemaliges Lager am Rande des Tals zu erreichen versucht.

Gestern habe ich dann die fieberhaften Passagen gelesen, die ich diesem Reisebericht hinzugefügt habe, als ich an den Fuß der pyramidenhaften Kuppe gelangt bin, aber ich kann mich nicht mehr daran entsinnen, sie verfasst zu haben. Tatsächlich wirken sie in meinen Augen eher, als habe sie die Hand eines anderen Mannes niedergeschrieben. Offenkundig war ich soweit bei Verstand, meine Notizen in den Rucksack zu verstauen, der hier neben der Bettstatt steht. Ich habe ihn auf meinen Schultern getragen, als ich nahe Jaspers zu einem Wald gelangte, in dem gerade Holz gefällt wurde. Darüber, wie ich den Weg dorthin gefunden habe, herrscht in meinem Gedächtnis gähnende Leere. Wie ich nun hier liege, glaube ich, dass es, zum Wohle meiner geistigen Gesundheit, wohl besser so ist. Auch wenn ich mich selbiger wohl augenscheinlich nicht mehr lange erfreuen werde.

Mit mir ins Grab nehme ich die Schande, meine Kameraden und Freunde einem grausigen Schicksal überantwortet zu haben. Die Worte, die ich geschrieben habe, gemahnen mich dessen nur allzu deutlich und ich muss sie nicht noch einmal lesen, denn die Schleier des Vergessens lichten sich allmählich. Bilder, Töne, ja sogar Gerüche überfluten mich sowie ich die Augenlider schließe. Zur Strafe werden sie mich wohl in den langen Schlaf, der niemals endet, begleiten.

In meinen Aufzeichnungen steht zu lesen:

Johnson will die Höhle nicht mehr verlassen. Das Goldfieber hat ihn erfasst, aber er fürchtet auch die Schrecken, die das Tal für uns bereithält. Wir müssen ihn zurücklassen, denn wir sind hier unerwünscht.

Und an anderer Stelle:

Sie haben Williamson aufgefressen. Er war noch am Leben, als sie seine Leber herausgerissen haben. Ich habe ihm nicht geholfen. Ich bin davongerannt.

An dieser Stelle verblasst meine Erinnerung erneut. Sollte mir die riesige Raubkatze auf meiner wahnwitzigen Flucht auf den Fersen gewesen sein, so muss es mir mit einer Finte gelungen sein, meine Spur zu verwischen.

Und tatsächlich, an späterer Stelle schrieb ich:

Der Tiger hat meine Witterung aufgenommen. Ich kann hören, wie er mir folgt. Ich habe mich mit dem Kot der Waldelefanten beschmiert, um meinen Geruch zu überdecken. Großer Gott, ist das ekelhaft.

Und was ist mit der Flucht zu unserem früheren Höhenlager? Meine erfrorenen Finger und Zehen geben Zeugnis von einem bitteren Aufstieg. Wahrscheinlich kann ich mich glücklich schätzen, dass ich nichts mehr darüber weiß.

Mir blieb wenig anderes übrig, als zu klettern und mich zu verstecken … klettern … und … verstecken. Es ist bitterkalt und über mir kreisen die Adler und beobachten mich. Zumindest folgten mir die anderen Bestien nicht nach hier oben. Bis jetzt zumindest … noch haben sie unten genug Fleisch zum Fressen. Gott verzeih mir, dass ich sie im Stich gelassen habe.

Ich bat Gott um Verzeihung, doch bis dato hat er mir noch nicht geantwortet.

Meine Lippen sind versiegelt, was die Goldader betrifft. Aber ohnehin würde mir niemand meine Geschichte abkaufen. Ich werde meinen Reisebericht dem presbyterianischen Priester anvertrauen, der mir die letzte Ölung erteilen wird und mir geschworen hat, dass er Sorge dafür tragen wird, dass dieser mit mir begraben wird. Es erscheint mir nur angemessen, dass ich meine Geschichte mit ins Grab nehme, denn dort gehört sie hin.

Falls der Priester lügt und irgendjemand meine Aufzeichnung lesen wird, dann stehe Gott dem Leser bei. Möge er das Tal der träumenden Indianer meiden, denn nichts anderes als die Hölle wird ihn dort empfangen.

DANNY

Die zäh dahinfließende Nacht hatte eine neue Wendung genommen, auch wenn Danny nicht wusste, ob diese etwas an ihrer vertrackten Situation ändern würde – der Eisregen und die Sturmböen waren einem beständigen Nieseln gewichen.

Er hatte Jess aufgefordert, die Toten in Ruhe zu lassen und den Rückzug in die Höhle anzutreten. Noch immer konnte er unter den herrschenden, diffusen Lichtverhältnissen nicht weiter als einige Meter sehen, und die einzigen Geräusche, die er hörte, stammten vom Platschen der dicken Wassertropfen, die von der oberen Kante des Eingangs auf den Boden klatschten.

»Ich könnte immer noch einen Kaffee vertragen.«

»Wir haben leider kein Wasser mehr«, antwortete Jess bedauernd.

Danny deutete auf das herabtropfende Nass.

»Hol den Topf und stell ihn da drunter. Massenhaft Wasser werden wir so zwar nicht kriegen, aber bis zum Morgengrauen wird es hoffentlich für einen Becher Kaffee reichen. Haben wir noch Eintopf?«

»Zwei Dosen. Das wird ein sehr karges Frühstück.«

»Wenigstens sind wir noch am Leben und können frühstücken.« In dem Moment, in dem Danny die Worte ausgesprochen hatte, wusste er, dass er etwas Falsches gesagt hatte, denn Jess' Miene verdüsterte sich, sie wandte sich von ihm ab und ließ ihn allein, sodass er seine Zunge verfluchen wollte, weil diese zwischendurch immer schneller arbeitete als sein Gehirn.

***

Danny spähte wieder in die Dunkelheit hinaus. Seine Uhr verriet ihm, dass der Morgen endlich nahte. Seltsamerweise übermannte ihn nicht die Verzweiflung, trotz – oder vielleicht gerade wegen – der Ereignisse seit ihrer Ankunft im Tal gestern in aller Frühe. Denn zumindest hatten sie bis jetzt überlebt. Sein Gedächtnis spulte die Geschehnisse jetzt wie in einem Film erneut ab: Nobles arrogante Dummheit, den Angriff des Säbelzahntigers auf Gus und die beiden Leichen vor der Höhle. Es seien Neandertaler, hatte Jess behauptet. Vage kamen ihm daraufhin die Illustrationen aus einem Bilderbuch seiner Kindheit in den Sinn. Höhlenmenschen hatte man sie damals genannt. Die Kerle, mit denen sie hier konfrontiert wurden, hatten allerdings nur wenig mit jenen langsam denkenden, comichaften Keulenschwingern gemein. Die Bosheit und das Tempo ihrer Attacken straften dieses Stereotyp Lügen.

Jess tauchte nun wieder auf, stellte den Topf dorthin, wo am meisten Wasser herabtröpfelte, und ging, ohne etwas zu sagen, wieder ins Innere der Höhle.

Dannys Gedanken kreisten unwillkürlich um Zigaretten und um Bier – um viel Bier. Mit jeder Faser seines Körpers wollte er von hier weg und über das Höhenlager nach Jasper heimkehren, um dort in der Sicherheit seiner Lieblingsbar zu relaxen und eins mit den Gästen, der lauten Musik und dem Alkohol zu werden. Doch damit würde er Gus noch mehr im Stich lassen, als er es ohnehin schon getan hatte.

Danny teilte Gus Ansichten über Noble – der Typ konnte gern schauen, wie er allein aus der Bredouille kam, denn Jess zu beschützen war alles, was jetzt noch zählte. Er musste sie irgendwohin bringen, wo keine Leichen herumlagen und keine Kreaturen existierten, die eigentlich gar nicht existieren durften, und dort sollten sie sich zusammen einen Drink genehmigen.

Danny frönte dieser angenehmen Fantasie eine ganze Weile, bis ihm klar wurde, dass seine Wachsamkeit darunter litt.

Er verdrängte die Wachträumereien deshalb schnell und riss sich zusammen. Die beiden Toten erinnerten ihn zugleich an seine Pflicht und an die Bedrohung, die in der Finsternis lauerte, um erbarmungslos zuzuschlagen, sobald sich eine Gelegenheit bot. Das nervtötende Geräusch, der in den Topf plätschernden Regentropfen, half ihm dabei, in der Realität verhaftet zu bleiben.

Als Jess irgendwann kam, um den Wassertopf zu inspizieren, erschreckte sie ihn dermaßen, dass er zur Seite hüpfte.

»In fünf Minuten ist der Kaffee fertig«, erklärte sie, während sie das Gefäß forttrug und ihm ein verhaltenes Lächeln schenkte, aufgrund dessen die Überzeugung in ihm aufkeimte, dass das Fettnäpfchen, in das er vorhin getappt war, nicht allzu schlimm gewesen war.

Schon seit Stunden hatte er von Noble nichts mehr gehört oder gesehen, aber er war Danny einfach zu unwichtig, als dass er sofort nach ihm gefragt hätte, als Jess mit zwei gefüllten Bechern zurückkehrte.

»Ich habe Mike in seinen Schlafsack gepackt«, sagte sie leise. »Er ist jetzt unten in der Felsenkammer. Ich habe keine Idee, was ich sonst noch für ihn tun könnte.«

»Und Noble?«

»Der sitzt sich immer noch den Arsch wund und spricht kein Wort.«

»Und du? Wie geht es dir?«

»Willst du das wirklich wissen?«

Danny nickte.

»Ich bin ein komplett abgewracktes Nervenbündel. Ich hätte unwahrscheinlich gern ein heißes Bad und ein kaltes Bier. Von mir aus auch in umgekehrter Reihenfolge. Bitte versprich mir, dass du uns aus diesem Loch rausholst.«

»Ich glaube, das würdest du auch allein auf die Reihe kriegen, aber ich werde uns hier rausführen, sobald die Sonne aufgeht.«

»Was machen wir mit Mike?«

»Wir müssen ihn, fürchte ich, leider hier liegenlassen, denn er ist zu schwer, um ihn mitzunehmen. Die Behörden werden sich aber bestimmt um ihn kümmern, wenn wir erst mal aus dieser ganzen Misere raus sind und ihnen Meldung erstattet haben.«

»Dabei will Noble aber vielleicht auch noch das eine oder andere Wörtchen mitreden.«

»Noble kann mich mal am Arsch lecken«, antwortete Danny trocken und erhielt zu seiner Überraschung ein Lachen zur Antwort.

»Ich bin mir sicher, dass er sich sofort dazu bereit erklären würde«, sagte Jess, »wenn er dadurch das Gold in die Finger bekommen kann, denn alles andere ist ihm egal.«

»Ich dachte, er hätte langsam ein Einsehen.«

»Falls dem irgendwann mal so war, ist davon nichts mehr übrig«, konstatierte Jess.

Die beiden tranken jetzt ihren Kaffee aus, in einer Stille, die nicht unangenehm war.

»Ich muss dir etwas beichten«, verkündete Jess nach einer Weile. »Ich muss dringend mal für kleine Mädchen. Im Schacht möchte ich das aber wegen Noble nicht machen, und unten in der Kammer liegt Mike. Ich würde gern kurz nach draußen um die Ecke dafür gehen. Es wäre sehr lieb von dir, wenn du solange aufpassen könntest, dass mich niemand umbringt.«

»Ich pass auf dich auf«, versprach ihr Danny grinsend. »Und danach kannst du mir dann den gleichen Gefallen tun.«

Er versuchte, nicht auf die Pinkelgeräusche zu achten. Dankenswerterweise beeilte sie sich und war innerhalb kürzester Zeit wieder da. Er händigte ihr das Gewehr aus und fragte: »Weißt du, wie du mit dem Ding umzugehen hast?«

»Na klar«, antwortete sie und überprüfte, ob die Waffe geladen war.

»Ich ziele damit auf die bösen Jungs und betätige dann so oft den Abzug, bis sie abhauen.«

»Versuch aber bitte, mich dabei nicht zu treffen. Ich bin gleich wieder zurück.«

Als Danny in den Nieselregen hinausschritt, fühlte er sich plötzlich unfassbar ungeschützt und verletzlich. Er schlich seitlich von der Höhle und den Leichen weg. Beim Öffnen des Reißverschlusses wallte ein Gefühl der Erleichterung in ihm auf. Danny war gerade fertig und auf dem Rückweg, als er das Schlagen von Flügeln hörte. Er duckte sich sofort, rollte sich ab, kam neben Jess wieder auf die Beine und nahm den ihm angebotenen Karabiner in Empfang. In diesem Moment landete auch schon ein Riesenadler auf einem der Toten und pickte blutige Fleischklumpen aus dem Leichnam.

»Mach dich bloß vom Acker«, flüsterte Danny und visierte den Vogel an. Doch Jess hielt ihn auf, indem sie eine Hand auf den Gewehrlauf legte. Sie bückte sich, hob einen faustgroßen Stein auf und schleuderte diesen mit einem Wurf, der bei jedem Baseballfan Begeisterung hervorgerufen hätte, auf den Vogel. Der Stein prallte genau auf dessen gefiederte Brust. Der Adler krächzte verblüfft, zögerte kurz, hob dann ab und wurde kurz darauf von der Nacht verschluckt.

Jess grinste schelmisch.

»Starker Wurfarm«, lobte Danny.

Bevor Jess antworten konnte, erklang plötzlich das Brüllen einer Katze.

»Es sind die Leichen«, erklärte Danny, als sich herauskristallisiert hatte, dass kein unmittelbarer Raubtierüberfall zu befürchten war. »Sie ziehen die Aasfresser offenbar wie ein Magnet an.«

»Solange die nicht hinter uns her sind, ist mir das ziemlich egal«, meinte Jess.

Danny schwieg, denn in seinem Kopf kombinierte er gerade die ersten Elemente eines Plans. Doch noch hatte er kein schlüssiges Gesamtbild, deshalb sprach er lieber noch nicht darüber.

Außerdem wird ihr meine Idee garantiert nicht besonders gefallen, da bin ich mir sicher.

***

Die Nacht verstrich ohne weitere Zwischenfälle. Jess hatte ihm die ganze Zeit über Gesellschaft geleistet und sie hatten sich mit gedämpften Stimmen unterhalten. Hauptsächlich hatte Jess geredet. Sie hatte Danny von Toronto und dem Großstadtdasein erzählt und haufenweise Anekdoten mit Mike und Erik zum Besten gegeben. Dabei waren ihr ab und zu Tränen über die Wangen gelaufen, doch sie hatte trotzdem immer weitergesprochen. Mit der Zeit war Danny bewusst geworden, dass sie nicht nur sprach, um den Tod ihrer Freunde zu verarbeiten, sondern auch, um ihn wachzuhalten, und es hatte funktioniert.

Noch nie war mir weniger danach, ein Nickerchen zu machen.

Sie hörte erst auf zu reden, als die ersten Vorboten grauen Tageslichts in der Ferne über den östlichen Bergspitzen aufglommen.

»Frühstück?«, fragte sie und ergriff den Topf.

»Darauf kannst du wetten. Für mich aber vorerst nur Kaffee. Sieh zu, dass du Noble dazu bewegst, etwas zu essen, denn uns steht eine lange, anstrengende Wanderung bevor.«

Nachdem Jess gegangen war, beschloss Danny, das Risiko einzugehen und die beiden Leichen genauer zu untersuchen. Mithilfe seines Jagdmessers schnitt er tief in deren Bäuche, dann rollte er sie vom Pfad bis in eine Bodenrinne etwas weiter nördlich. Inzwischen war es beinahe hell genug, um die Talsohle sehen zu können. Der Nieselregen hatte nachgelassen und die Wolken waren fast über die Gipfel der Berge davongezogen. Nichts regte sich. Die einzigen Laute waren diejenigen, die er selbst beim Atmen erzeugte.

»Hoffentlich funktioniert es«, murmelte er vor sich hin, lief zum Höhleneingang zurück und wartete dort auf Jess.

Noble leistete ihnen bei Kaffee und Eintopf Gesellschaft. Sie aßen schweigend und bereiteten sich danach sofort auf ihren Aufbruch vor. Danny schulterte die schwerste Last, trotzdem wog sein Rucksack wesentlich weniger als zu Beginn ihres Abenteuers, da sie mittlerweile weder Trinkwasser noch Konserven hatten. Noble wollte sofort losmarschieren.

»Nein«, sagte Danny. »Jetzt noch nicht.«

»Wieso nicht?«

Danny deutete in die Niederung des Tals. Ein Säbelzahntiger stapfte dort gerade auf einer offenen Fläche herum und reckte gelegentlich den Kopf in die Höhe, um in der Luft Witterung aufzunehmen. Langsam, aber bestimmt näherte er sich der Position der drei Menschen.

»Deshalb«, erklärte Danny und nickte in Richtung Ebene.

Die Raubkatze stolzierte immer näher heran, bis sie irgendwann abbog und auf die Bodenrinne zutrottete. Erst jetzt bemerkte Jess, dass die menschlichen Überreste vor der Höhle fehlten.

Danny quittierte ihren Gesichtsausdruck mit einem Achselzucken. »Ich musste schließlich irgendetwas zu ihrer Ablenkung finden.«

JESS

Als Danny endlich das Kommando zum Abmarsch erteilte, brauchte Jess keine Extraeinladung. Sie hatte nicht vor, in die Bodenrinne zu schauen, aber irgendetwas zog ihre Neugier förmlich mit magischer Kraft an. Die Monstrosität im Körper einer Katze verbiss sich gerade in der Leiche eines Neandertalers und zerteilte diese ohne die geringste Anstrengung in zwei Hälften. Blut besudelte den mächtigen Raubtierschädel von den Nüstern bis zu den Ohren. Der lange, hoch aufgerichtete Schwanz der Bestie wedelte von links nach rechts, als erfreue sie sich an ihrem leckeren Mahl. An einer der Hüften des Beutetiers prangte eine feuchte Wunde, die sie allerdings nicht im Geringsten zu stören schien.

»Schneller«, sagte Noble, drängelte sich an ihr vorbei und schubste sie dabei fast vom Weg in die Rinne zu der fressenden Katze. Danny rettete sie, indem er ihren

Arm ergriff und sie stabilisierte, bis sie ihr Gleichgewicht wiederfand.

Noble war inzwischen schon auf und davon.

»Wenn ich ihn erwische, fängt er sich eine Kugel ein«, schimpfte Danny lautstark.

»Aber davor haue ich ihm noch kräftig eine aufs Maul«, fauchte Jess.

Seite an Seite liefen die beiden nach unten. Jess Konzentration galt ganz und gar ihren Füßen und erst unterhalb des Hügels blickte sie zum ersten Mal auf – gerade noch rechtzeitig, um zu sehen, wie Noble stürzte, weil er von einem großen, durch die Luft segelnden Stein getroffen worden war. Verzweifelt versuchte er, sich aufzurappeln. Seine Hand fuhr an seine Schläfe und anschließend glänzte sie blutrot.

»Hilf ihm«, forderte Danny sie auf. »Ich halte sie solange auf.«

Jess rannte zu Noble.

Aus dem Norden lief eine kleine Horde untersetzter, Fellröcke tragender Gestalten auf die beiden zu. Danny feuerte zuerst einen Schuss über ihre Köpfe ab. Verwirrt und eingeschüchtert durch den Knall hielten sie an.

Die Raubkatze kannte allerdings keine solchen Ängste, hechtete aus ihrem Versteck in der Bodenvertiefung und rannte auf die Neandertaler zu.

Danny ignorierte das Gemetzel und rief Jess zu: »Das ist unsere Chance! Los, raus hier!« Er rannte los und packte Noble dabei am Arm. Jess umfasste seinen anderen Arm und zu dritt hasteten sie nach Südosten. Im Hintergrund stießen die Neandertaler jetzt durchdringende Schreie voller Furcht und Schmerzen aus, unter die sich das triumphierende Knurren des Säbelzahntigers mischte.

Die andere Talseite schien für die Fliehenden plötzlich unendlich weit entfernt zu sein.

***

Für das Erreichen ihres Ziels war es alles andere als hilfreich, dass Noble jetzt wie ein Betrunkener durch die Gegend torkelte; Kopf und Schultern von frischem Blut überströmt.

»Wir müssen anhalten«, meinte Jess nach einigen Minuten. »Wenn wir die Wunde nicht verbinden, kratzt er uns schneller ab, als uns lieb ist.«

Danny dirigierte sie aber erst noch ein Stück weiter auf südlichen Kurs, zu einer morastigen Mulde, in der sie in Deckung waren. Sie hielten die Köpfe unten und betteten Noble auf die Erde. Während Jess auf Knien Nobles Verletzung am Hinterkopf verarztete, überwachte Danny die Gegend mit der Waffe im Anschlag. Die

Beule an Nobles Schädel war schon auf den Umfang eines Hühnereis angeschwollen und aus einer zweieinhalb Zentimeter langen Wunde sickerte Blut über den Kragen seiner Jacke. Jess säuberte die betroffene Stelle, so gut es ging, drückte einen Wattetupfer auf die Verletzung und umwickelte den Kopf anschließend dick mit einem Turban aus Mullbinde. Noble jammerte währenddessen pausenlos.

Jess klopfte Danny aufs Knie, um seine Aufmerksamkeit zu erregen. »Wir sind soweit, wir können weiter. Wie sieht es aus?«

Der Bergführer hatte ihr zugehört, ohne die Beobachtung des nördlichen Umlands zu vernachlässigen, und antwortete: »Der Säbelzahntiger ist immer noch mit den Neandertalern zugange und frisst sich den Bauch voll. Ansonsten rührt sich nichts.«

Er musste das Ganze nicht genauer erläutern, Jess konnte sich das stattfindende Blutbad auch so ausmalen. Sie half Noble auf die Beine. »Kannst du laufen?«

Sein Nicken und sein verzerrtes Grinsen interpretierte Jess mal als ein »Ja«. Sie nahm ihn an der Hand und lotste ihn aus der Mulde, in die Richtung, aus der sie in das Tal gekommen waren. Danny folgte ihnen mit einigen Metern Abstand und schützte sie so vor Überraschungsangriffen.

Sie hatten ungefähr die Hälfte der Strecke zurückgelegt, als ein Echo von den Hängen der Berge widerhallte und zu einem hohen, ätherischen Heulen wurde, das schließlich zu einem Chor anschwoll, als weitere Stimmen einsetzten.

»Was ist das?«, fragte Jess erschrocken.

»Diesen Gesang kenne ich gut«, entgegnete Danny grimmig. »Das sind Wölfe, und zwar ein ganzes Rudel. Beeilt euch, bis wir bei den Bäumen sind. Haltet auf gar keinen Fall an.«

***

Das Heulen fand kein Ende mehr und schon bald ging es in ein aufgeregtes Kläffen und Jaulen über.

»Sie haben unsere Witterung aufgenommen«, erklärte Danny. »Könnt ihr noch schneller laufen?«

Die drei eilten daraufhin mit bleiernen Füßen über die nasse, morastige Erde, die so sehr zum Ausrutschen einlud, dass es utopisch war, das Tempo ernsthaft zu forcieren. Noble brach fast zusammen und Jess Waden fühlten sich an, als würden sie in Flammen stehen. Jeder ihrer Schritte war eine Qual.

»Können wir vor ihnen wegrennen?«, fragte sie.

»Wohl kaum«, antwortete Danny deprimiert.

»Hat einer von euch vielleicht eine zündende Idee?«

Im Norden reihte sich morastiger Boden an noch mehr morastigen Boden. Doch im Süden entdeckte Jess, wonach sie gesucht hatte – die Mammutherde. In weniger als einem Kilometer Entfernung äste sie am Ufer eines weitläufigen Teichs.

»Hier entlang«, rief sie und zerrte Noble kommentarlos auf den gewünschten Kurs.

»Wir sollten zu den Bäumen flüchten«, warf Danny ein.

»Das werden wir auch, aber erst später. Ich habe einen Plan. Komm mit.«

Vertrauensvoll überließ Danny ihr die Führung. Nun, da sie ein erfolgversprechendes Ziel vor Augen hatte, wurden Jess Füße leichter und sie kam schneller voran. Das Heulen in ihrem Rücken gewann mehr und mehr an Intensität, woraufhin die Mammuts ihre Positionen hastig verließen und sich zu einer eng geschlossenen Gruppe formierten, mit den Bullen an der Außenseite und den Kühen und Kälbern in der Mitte.

»Jess, weißt du, was du da tust?«, fragte Danny verwirrt, der nun neben ihr herlief.

»Ich folge meiner Intuition, und dafür habe ich einen guten Grund.«

Danny überließ ihr weiterhin die Führung und sie strebten nun direkt auf die urweltlichen Riesen zu.

Das Heulen verwandelte sich jetzt in ein frenetisches Bellen und kam immer näher an sie heran. Danny drehte sich um und feuerte einen Schuss ab. Das Größte der Mammuts, ein gigantischer Bulle mit Stoßzähnen, die so lang waren, wie Jess groß war, trompetete daraufhin in einer Lautstärke, die dem Knall des Schusses fast gleichkam. Dann standen Jess und die beiden Männer plötzlich vor einer nach Moschus riechenden Ansammlung aus haarigen Beinen. Die Mammuts öffneten ihren Kreis kurzzeitig und erlaubten den Menschen in ihre Mitte zu treten. Der Geruch war einfach überwältigend.

Danny lachte. »Das war also dein Plan.«

Noble nieste und das Mammut neben ihm wäre vor Schreck fast weggesprungen.

»Passt aber auf, dass euch keiner von denen auf den Fuß trampelt«, empfahl Danny. »Der ist dann nämlich so platt wie eine Flunder.«

Das Wolfsgeheul steigerte sich jetzt zu einem wahren Blutrausch. Der Leitbulle stampfte mit einem seiner Vorderbeine auf, reckte den Rüssel in Richtung Himmel und brüllte herausfordernd. Zwei Wölfe liefen geduckt auf ihn zu. Doch der Bulle wich nicht zurück, sondern hielt inne, bis der Erste von ihnen in seine Reichweite geriet. Dann schwenkte er seinen unglaublich großen Schädel hin und her und spießte den vorderen Wolf mit einem seiner gigantischen Stoßzähne quer durch den Unterleib auf. Das Raubtier winselte und zappelte wie wild, in dem Bestreben, sich zu befreien. Warmes Blut spritzte herum und klatschte gegen Jess Stirn. Der Bulle schüttelte sein Opfer jetzt vom Stoßzahn ab und trat dann zweimal zu – übrig blieb nur Brei.

Ein weiterer Wolf wagte sich jetzt in die Offensive. Zu zweit umkreisten sie den Verteidigungsring der Mammuts. Der Leitbulle hatte nun offenbar keine Lust mehr, ihren Angriff abzupassen und rannte wutschnaubend auf die Angreifer zu. So plötzlich, wie es aufgekreuzt war, verdünnisierte sich das Rudel wieder und Stille senkte sich über das Tal.

»Eines muss ich dir lassen«, sagte Danny zu Jess, während sie zwischen den Fleischbergen eine Bresche zum offenen Land suchten, »deine Idee war echt genial.«

»Fast so gut wie dein Trick mit dem Säbelzahntiger. Ich habe das mal irgendwann in einer alten Tierdoku gesehen – in einer von diesen englischen Produktionen. Da haben Elefanten auf diese Weise ihre Jungen vor Löwen beschützt. Ich dachte mir, Mammuts werden sich wahrscheinlich ähnlich wie Elefanten verhalten.«

»Ich bin froh, dass es geklappt hat«, meinte Danny.

»Ich auch«, stimmte ihm Noble zu. Es waren die ersten Worte, die er seit dem Aufbruch von der Mine gesprochen hatte. Zu Jess Verblüffung nahm er außerdem ihre Hand in seine und drückte sie sanft.

Sie erwiderte seine Geste und sagte: »Ab jetzt konzentrierst du dich auf die Flucht und spielst nicht mehr das Arschloch, in Ordnung?«

»Alles, was Sie sagen Ma'am«, antwortete Noble und imitierte dabei perfekt Dannys typischen Tonfall. Nun lächelten alle drei, während sich der Kreis der Mammuts zerstreute und diese sich wieder dem Grasen am Rand des Teichs widmeten. Die Route zu den baumbewachsenen Hängen im Osten, auf der sie entkommen wollten, erstreckte sich jetzt genau vor ihnen.

DANNY

Danny war bewusst, wie viel Glück sie bisher gehabt hatten. Ihre Täuschungsmanöver hatten perfekt funktioniert, aber in der Wildnis nur auf Fortuna zu zählen, konnte leicht das eigene Todesurteil unterzeichnen.

Sobald sie sich in einiger Entfernung zu den Mammuts befanden, übernahm Danny erneut die Führung und brachte sie in gerader Linie zu dem zugefrorenen Bach, den sie ursprünglich bergab gegangen waren. Bei dem Wasserloch mit den skelettierten Kadavern war Danny besonders vorsichtig, was die Anwesenheit von Wölfen betraf.

Doch der Zorn des Mammutbullen hatte sie offenbar trotz ihres Hungers weiträumig verscheucht. Es schien so, als hätten Jess, Noble und Danny das gesamte Umland für sich allein.

Aber für wie lange?, fragte sich Danny.

Sie fanden den Bach ohne Probleme. Die Eisdecke war allerdings nicht mehr so stabil wie am Vortag, denn der anhaltende, nächtliche Nieselregen hatte eine Schmelze verursacht. Dadurch wurde ihnen der Aufstieg natürlich erschwert, denn sie mussten bei jedem Kiesel, der aus der Oberfläche des Eises lugte, prüfen, ob er wirklich festsaß und einen vernünftigen Halt bot. Dannys Herz rutschte in die Hose, da die sowieso schon befürchtete zähe Kletterei nun noch zäher vonstattengehen würde.

Als ob Wölfe, Säbelzahntiger und Riesenadler nicht schon ausreichen würden.

Jess beobachtete ihn fragend und er signalisierte ihr, auf der eingeschlagenen Route weiterzugehen. »Direkt nach oben, ohne anzuhalten, wenn ihr könnt. Denkt dabei einfach an ein warmes Zelt, Kaffee und Essen. Mit ein bisschen Glück erreichen wir vor Einbruch der Dämmerung unser altes Camp.«

Er zweifelte zwar selbst daran, doch er musste die anderen beiden dazu bringen, nicht herumzutrödeln. Der Treffer mit dem Stein am Kopf hatte Noble offenbar jegliche Großspurigkeit genommen und er hing stumm an Jess wie ein kleiner, hilfesuchender Bruder. Danny ließ die zwei vorgehen und sicherte den Rückzug. Alles, was sie bisher hatte töten wollen, befand sich jetzt hinter ihnen, mit Ausnahme der Adler, denen sie allerdings problemlos entwischen konnten, indem sie unter das Geäst der Bäume flohen. Somit hatten sie einen Grund zu hoffen, und es tat ihm fast gut, das Gefälle, an dessen Endpunkt der Ausweg aus ihrer Misere wartete, zu erklimmen.

***

Doch schnell wurde ihnen klar, dass es kein einfaches Vorankommen geben würde. Noble war dermaßen verunsichert, dass er ständig nach Jess' Hand grapschte, und damit brachte er sie beide immer wieder aus der Balance. Außerdem kam es Danny so vor, als bewege sich etwas ein Stück hinter ihnen. Zweimal waren dunkle Schatten im Unterholz abgetaucht, als er sich umdrehte. Die Konturen waren zu klein, um zu einem Säbelzahntiger zu gehören. Er war sich nicht sicher, ob sie es hier mit Wölfen oder Neandertalern zu tun hatten. Er konnte jedoch auf das Herumschleichen sowohl der einen als auch der anderen Art gut verzichten, denn die Notwendigkeit, sich regelmäßig nach hinten umzuschauen, verzögerte ihr Vorankommen noch zusätzlich.

Als er sich wieder umdrehte, war dort auf einmal ein Neandertaler, der anscheinend keinerlei Wert darauf legte, im Verborgenen zu bleiben. Rund fünfzehn Meter entfernt stand er mitten im Bachlauf. Die Muskelpakete an der bulligen Gestalt zeichneten sich an den breiten Schultern und stämmigen Armen deutlich ab. Seine tief in den Höhlen gebetteten Augen musterten den Bergführer neugierig. Die Steinspitze des Speers, auf den er sich stützte, glitzerte, als sei sie von einer dünnen Eisschicht ummantelt. Der Urmensch verschwand erst, als Danny das Gewehr hob.

Er wollte offenbar, dass wir seine Anwesenheit bemerken. Aber wieso?

Die Beantwortung dieser Frage hatte für ihn allerdings keine Priorität. Alles, was jetzt zählte, war, so schnell wie möglich die Böschung zu erklimmen.

»Könnt ihr noch einen Zahn zulegen?«, fragte Danny.

Noble hielt den Kopf gesenkt und stolperte wortlos im gleichen Schneckentempo wie zuvor weiter.

Jess schüttelte zweifelnd den Kopf. »Müssen wir?«

»Ja, wir müssen«, sagte Danny entschieden, »denn wir haben Gesellschaft bekommen. Momentan bleiben sie noch auf Distanz, aber ich weiß nicht, wie lange.«

Als sie etwa die Hälfte der Strecke bis zur Schneegrenze absolviert hatten, erschienen weiter unten zwei Neandertaler, dieses Mal nur knapp zehn Meter weit weg. Bei einem handelte es sich offenbar um den gleichen Mann wie vorhin. Der andere war kleiner und weniger breit. Er wirkte wie ein Heranwachsender und trug den gleichen Fellrock wie der Ältere. Wieder standen sie nur in der Gegend herum, beobachteten Danny und kehrten in das Unterholz zurück, als Danny mit der Waffe drohte.

Sie lernen schnell. Wie intelligent sie wohl sind?

Hoffentlich würde er das nie herausfinden müssen. Danny richtete seine Konzentration jetzt wieder auf das Klettern. Sein Rücken fühlte sich nackt und schutzlos an, denn jederzeit könnte ein Speer zwischen den Bäumen hindurchrasen und seiner Flucht ein jähes Ende bereiten.

Ein paar Minuten später kollidierte er fast mit Noble, der an einer Felsnase pausierte.

Jess sagte mit sanfter Stimme: »Danny, du musst dir das anschauen. Es wird dir nicht gefallen, aber du musst es trotzdem sehen.« Sie deutete nach oben.

Dort thronte Gus Schädel auf einem Findling neben dem Bachlauf. Seine Kopfhaut war heruntergerissen und flatterte mitsamt den Haaren an einem breiten Hautlappen im Wind. Seine Zunge quoll aus dem Mund und baumelte grau verfärbt nach unten. Ein Teil seiner Wirbelsäule lag neben dem Kopf. Die Knochen waren sauber und weiß. Jemand hatte seine Augen extrahiert und getrocknetes Blut verschmierte die Hautpartien rings um die entstandenen schwarzen Löcher in seinem

Gesicht. Es schien so, als starre er Danny anklagend an. Das gesamte Szenario wirkte wie absichtlich arrangiert, um ihnen Furcht einzuflößen.

»Diese Bastarde«, flüsterte Danny voller Wut, wirbelte ohne Vorwarnung herum und brachte das Gewehr in Anschlag.

Die beiden Urmenschen lungerten etwas weiter unten ganz in der Nähe des Bachlaufs herum. Der Ältere verschwand blitzschnell im Blätterwald, als er das erhobene Gewehr bemerkte. Doch der Jüngere blieb, überrascht von Dannys plötzlicher Bewegung, wie festgefroren stehen.

Danny handelte, ohne nachzudenken. Er zielte und schoss dem Neandertaler mitten in die Brust. Dieser sackte erst zu einem Haufen zusammen und rollte dann abwärts. Ein Wutschrei erscholl jetzt aus dem Wald und ein Speer sauste aus dem Dickicht heraus. Danny bemerkte ihn rechtzeitig und konnte sich deshalb erfolgreich ducken.

»Du bleibst besser, wo du bist, wenn du weißt, was gut für dich ist«, rief er wutentbrannt, obwohl ihm bewusst war, dass die Chance verstanden zu werden, gegen null tendierte. Doch vielleicht kapierte der Neandertaler die Botschaft ja aufgrund des aggressiven Tonfalls, in dem er sie formuliert hatte.

»Wir müssen uns beeilen«, appellierte Danny an Jess. »Sonst kriegen sie uns.«

Selbst Noble registrierte die Dringlichkeit in der Stimme des Bergführers und legte einen ordentlichen Zahn zu.

Danny versuchte Gus sterbliche Überreste zu ignorieren, als er diese passierte, doch es war zu spät, dieses Bild des Schreckens hatte sich bereits auf ewig in ihm eingebrannt.

Etwas weiter oben, fanden sie Belege dafür, dass die Platzierung des Kopfes tatsächlich das Werk der Neandertaler gewesen war, denn Gus blutbesudelte Munitionsweste lag im Bachlauf, einer seiner Stiefel daneben. Weitere Kleidungsstücke oder gar Körperteile waren nirgendwo verstreut. Danny hoffte, dass der Säbelzahntiger die Urmenschen davon abgehalten hatte, noch mehr von der Leiche seines Chefs zu entweihen. Er verdrängte die Gedanken daran, denn er konnte es sich momentan nicht leisten, über etwas zu spekulieren, das sich seiner Kontrolle entzog. Trotz dieser Erkenntnis scheiterte er daran, sich auf die Gefahr, in der sie schwebten, zu konzentrieren. Denn es waren Gus schwarze Augenhöhlen, die ihn unentwegt anstarrten und sein Denken unwillkürlich beherrschten.

***

Sie kamen nicht weit.

Jess stoppte abrupt. »Danny, dort oben geht irgendetwas vor sich.«

Sie hatte es kaum ausgesprochen, da schwirrte auch schon ein Speer auf die Gruppe zu. Danny schubste Noble aus dem Weg, bevor er aufgespießt wurde. Das Wurfgeschoss landete im Bachlauf und schrammte dort über Steine und Eis bergab.

»In Deckung!«, rief Danny.

Alle drei versuchten sich hinter einem Felsbrocken kleinzumachen, aber hier konnten sie nicht bleiben, da die Neandertaler jetzt offenbar über und unter ihnen herumliefen. Dieses Problem erlaubte nur eine Lösung.

»Zwischen die Bäume«, ordnete Danny an. »Los, sofort! Keine Fragen. Lauft! Ich komme direkt nach euch.«

Jess schlug sich nach rechts in die Büsche, entlang einer leicht aufwärts verlaufenden Tangente. Noble hing an ihren Fersen und Danny bildete den Abschluss, während sie sich eine Schneise durch das Gestrüpp und durch tief herabhängende Äste bahnten. Zumindest war der von Moos und Kiefernadeln bedeckte Boden trittfest, wenn auch leicht uneben.

Sie erzeugten dabei allerdings so viel Lärm, dass die Neandertaler ihnen ohne Probleme folgen konnten. Doch er hoffte, dass sie der Tod des Heranwachsenden genug eingeschüchtert hatte, um sie davon abzubringen. Andererseits hatten sie letzte Nacht einige Erfahrung mit der tödlichen Wirkung von Schusswaffen gesammelt und trotzdem hatten sie nicht von den Eindringlingen abgelassen.

Nach zwanzig weiteren Schritten hielt Danny an und feuerte blind nach hinten. Danach hastete er zu Jess, die einen Wildwechsel gefunden hatte, auf dem sie nun zusammen mit Noble nach Osten rannte. Der Wildwechsel reichte bis zum Ende der Baumgrenze, also dorthin, wo sie hinwollten. Vor ihnen ragte jetzt in der Ferne eine knapp fünf Meter hohe Klippe fast senkrecht in die Höhe. Sie hatten keine Chance, diese zu überwinden.

»Noble, auf welcher Route bist du gestern ins Tal gelangt?«, fragte Jess.

Der Angesprochene sah sich verwirrt um. »Ich bin gerannt … ich hatte verdammt Schiss … ich kann mich nicht mehr erinnern.«

Im Westen wuchsen die Bäume bis dicht an die Klippe. Doch als sie gerade dorthin gehen wollten, schälten sich plötzlich sechs Neandertaler aus dem Unterholz und versperrten ihnen den Zugang. Danny schwang den Gewehrlauf in die Höhe und visierte einen von ihnen an. Daraufhin verschmolzen die sechs Gestalten wieder mit den Schatten der Wildnis.

»An denen kommen wir nicht vorbei«, sagte er zähneknirschend. »Es sind zu viele, um es mit ihnen aufzunehmen.«

»Also nach Osten?«, fragte Jess.

»Ganz genau. Hoffentlich geht es dort irgendwo nach oben.«

Als sie losmarschierten, traten die Neandertaler erneut aus dem Schutz der Bäume und folgten ihnen mit gebührendem Respekt.

Zumindest für den Moment, dachte Danny schaudernd.

JESS

Noble umklammerte weiterhin fest Jess Hand und schien sie auch nicht wieder freigeben zu wollen. Wenn sie Zeit zum Nachdenken gehabt hätte, hätte sie sich über diesen Rollentausch wahrscheinlich amüsiert, doch ihre gesamte Achtsamkeit galt dem Weg und der Suche nach einer Möglichkeit, die Felswand zu erklimmen.

Weiter vorn bog die Klippe nach Osten zum Ende des Tals hin ab. Noch immer hatten sie keinen geeigneten Abschnitt für einen Aufstieg entdeckt. Als sie irgendwann einen deutlichen Abdruck im Schnee fanden, presste Noble Jess Hand fester und sagte: »Jetzt weiß ich es wieder! Ich bin runtergesprungen, und zwar genau hier.«

Nach Jess Schätzung ragten die Felsen an dieser Stelle gut dreieinhalb Meter hoch auf. »Das war aber ziemlich riskant.«

Noble lachte bitter. »Ich hatte immerhin einen verfluchten Riesenadler am Arsch und Danny und Gus haben wild rumgeballert. Ich hatte noch mehr Angst als jetzt. Deshalb bin ich irgendwann einfach gesprungen.« Er hielt kurz inne. »Einen einfachen Ausweg nach oben können wir getrost vergessen.«

»Wahrscheinlich«, sagte Jess und blickte Danny hilfesuchend an, der die Neandertaler, die ihnen auf Distanz hinterherliefen, aufmerksam beobachtete.

»Wir haben zwei Optionen«, sagte er schließlich. »Wir gehen weiter und hoffen, irgendwann über einen Aufstieg zu stolpern, oder wir kehren ins Tal zurück und verbarrikadieren uns dort in der Mine, wo wir dann allmählich vergammeln.«

***

Zum Ende des Tals hin erhob sich eine massive Steinwand vor ihnen. Links ragte immer noch die Klippe empor und rechts befand sich der Wald. Sie saßen also in einer Sackgasse fest. Die Neandertaler waren rund siebzig Meter entfernt, rückten aber immer mehr vor.

»Was sollen wir jetzt tun?«, wollte Noble wissen.

Eis überzog das Gestein der Felswände, und Vorsprünge, an denen man sich beim Hochklettern festklammern konnte, waren Fehlanzeige. »Wenn wir Seile und eine vernünftige Ausrüstung hätten«, sagte Jess, »würden wir es schaffen können, aber ohne, ist jeder Versuch von vornherein zum Scheitern verurteilt.«

»Ganz meine Meinung«, pflichtete ihr Danny bei. »Wir müssen offenbar doch zurück zur Mine, denn dort können wir uns gut verteidigen. Wir können unterwegs Wasser sammeln, auf dem Ofen kochen und Feuer machen. Unser Essen werde ich halt erjagen müssen. Von Zeit zu Zeit machen wir dann Erkundungsgänge, bis wir irgendwann einen gangbaren Weg aus dem Tal heraus entdecken.«

»Und wie lange soll das bitteschön dauern?«, fragte Noble weinerlich.

»Bleib doch hier und frag die da.« Danny deutete mit dem Daumen seiner linken Hand auf die Neandertaler. »Das ist die einzige Chance, die wir momentan haben.«

»Er hat recht«, stimmte ihm Jess zu.

Als sie in den Wald aufbrechen wollten, waren die Urmenschen bis auf ein paar Meter an sie herangekommen.

Danny feuerte einen Warnschuss in die Luft ab, aber sie blieben nicht stehen. Noble ließ Jess Hand los und rannte zur Klippe. Er schaffte es gut einen Meter hinauf, bis ihn zwei der Angreifer packten und ihn wieder nach unten zerrten. Dabei knallte sein Kopf gegen das Gestein und sofort tränkte Blut seinen Turbanverband. Danny befand sich genau zwischen Jess und dem Handgemenge. Er schoss einem der Neandertaler in die Stirn, einem Zweiten schmetterte er den Gewehrkolben ins Gesicht, doch dann ging er unter dem Gewicht der ihn anfallenden Neandertaler zu Boden.

Jess kassierte einen Schlag auf die Nase und spürte, wie ihr Nasenbein unter der Wucht barst. Sie fiel rücklings, und einer der Urmenschen setzte sich sofort mit seiner ganzen Masse auf ihre Brust. Sie konnte kaum noch atmen und ihr wurde allmählich schwarz vor Augen. Ihre Gegenwehr erschlaffte nach kurzer Zeit und sie verlor das Bewusstsein.

***

Langsam kam Jess wieder zur Besinnung. Zuerst glaubte sie, sie wäre aus einem schlechten Traum erwacht und läge noch immer in der Sicherheit des Minenschachts. Doch als sich ihr Sehvermögen klärte, erblickte sie eine Wand vor ihrer Nase – eine natürliche Höhlenwand, die grün vor Moos war. Ihre Entführer hatten sie aufrecht mit dem Rücken an die Wand hingesetzt. Als sie probierte, ihre Hände zu bewegen, merkte sie, dass man sie gefesselt hatte. Ihre Beine waren auf Höhe der Sprunggelenke ebenfalls mit dünnen Lederbändern zusammengeschnürt. Wenigstens hatten die Neandertaler sie nicht ihrer Kleidung beraubt. Allerdings fehlte jede Spur von den Rucksäcken oder Dannys Gewehr.

Danny hockte zu ihrer Linken. Er war zwar am Leben, jedoch nicht bei Bewusstsein. Über seinem linken Auge wucherte eine beeindruckende Schwellung. Oberhalb der Augenbraue hatte er außerdem eine Platzwunde. Die Neandertaler hatten sie einfach im Eingangsbereich einer weiträumigen Höhle deponiert. Anhand der Schatten vor dem Höhlenausgang vermutete Jess, dass man sie vom Ort ihrer Gefangennahme nach Nordosten verschleppt hatte, auf die andere Seite des Tals. Die Schatten offenbarten ihr außerdem, dass die Sonne ihre Bahn bereits niedrig im Westen zog.

Wie lange war ich ausgeknockt?

Sie hörte auf einmal Geräusche von rechts und drehte den Kopf in die entsprechende Richtung. Der schwache Lichtschein vom Ausgang der Höhle zauberte Reflexionen in die Augen dutzender Gestalten, die zusammengekauert, dicht an dicht, dahockten. Jess befand sich offenbar in der Heimstatt der Neandertaler.

***

Vier von ihnen hielten im Zentrum der Höhle den splitterfasernackten Noble fest. Selbst im Halbdunkel konnte sie deutlich erkennen, wie bleich sein Gesicht war – fast wie Elfenbein. Sein Nacken und die Schultern waren mit verkrustetem Blut bedeckt. Seine Augenlider flatterten wild. Wahrscheinlich war es nur zu seinem Besten, dass er nicht sah, was ihm blühte.

Ein untersetzter Urmensch baute sich jetzt vor ihm auf, den mit einer Steinspitze versehenen Speer in den Händen. Er reckte die Waffe über sein Haupt, um sie den Anwesenden zu präsentieren, die daraufhin in Vorahnung des Kommenden zu einem anerkennenden Raunen anhoben. Jess wollte schreien, um das Unvermeidliche aufzuhalten, doch kein Laut entschlüpfte ihrer Kehle, es fühlte sich an, als stecke ein Ball in ihrem Hals. Eine Träne rann aus ihrem Augenwinkel, als der Neandertaler den Speer schließlich nach vorn rammte.

Er traf Nobles Mund und zermalmte knirschend dessen Zähne. Die Spitze durchstach seinen Kopf und trat an der Rückseite des Schädels wieder aus, genau an der Stelle, an der die Platzwunde prangte, die der Steinwurf verursacht hatte.

Die vier Neandertaler ließen die Leiche nun achtlos fallen. Nobles Mörder trat einen Schritt vor, fischte eine

Handvoll Gehirnmasse aus dem Schädel, stopfte sie sich in den Mund und zerkaute diese vernehmbar.

***

Jess wurde kurz ohnmächtig. Als sie Sekunden darauf wieder zu sich kam, hörte sie immer noch die schmatzenden Laute. Gleich darauf wünschte sie sich, sie hätte darauf verzichtet, nach der Quelle der Geräusche Ausschau zu halten.

Nobles Leiche lag mit dem Gesicht nach oben auf der Erde, von der Kehle bis in den Schritt aufgeschlitzt, die Rippen aufgebrochen und weit gespreizt. Der Speerträger benutzte selbigen, um Fleischstücke von den Beinen abzutrennen, während einige seiner Stammesgenossen überlegten, welche der leckeren Innereien sie wohl als Nächstes verspeisen sollten.

Jess hätte am liebsten laut geschrien.

»Sei still«, riet ihr Danny im Flüsterton. »Und sieh ihnen bloß nicht in die Augen. Solange sie dort drüben beschäftigt sind, haben wir hier unsere Ruhe vor ihnen.«

Sie verbiss sich eine scharfe Erwiderung, denn *beschäftigt* hieß in diesem Fall nichts anderes, als Noble aufzufressen. Rein rational betrachtet, hatte Danny natürlich recht, und jede realistische Chance auf ein Entkommen verlangte es, jetzt einen kühlen Kopf zu bewahren. Jess drehte sich zu Danny, doch sie schaffte es einfach nicht, die wonnevollen Essgeräusche zu ignorieren.

»Bist du in Ordnung?«, fragte Danny.

»Mir geht es anscheinend besser als dir, so ramponiert wie du aussiehst.«

»Ich bin immerhin am Leben«, antwortete er. Furcht zeichnete sich in seinen Pupillen ab.

»Wie viele von denen sind dort hinten?«

»Mehrere Dutzend. Sowohl Erwachsene als auch Kinder, und sie stinken nebenbei bemerkt absolut fürchterlich. Warst du bei Bewusstsein, als sie uns hierher gebracht haben?«

»Nein, ich bin kurz vor dir aufgewacht. Ich denke, wir haben das ganze Tal durchquert.«

»Das glaube ich auch. Es gibt momentan nur einen Faktor zu unserem Vorteil.«

»Welchen denn? Mir fällt keiner ein.«

»Mein Jagdmesser! Es steckt immer noch in der Scheide an meinem Rücken. Ich kann es sogar fast greifen. Wenn wir genug Zeit haben, komme ich vielleicht ran und kann damit die Fesseln durchschneiden.«

»Das ist aber ein verdammt großes Vielleicht.«

Danny antwortete nicht.

Das musste er auch nicht, beide wussten auch so, wie tief sie in der Bredouille steckten.

***

Nach einer Weile wisperte Danny: »Halt still. Einer von denen ist gerade hinter dir. Ich denke, es ist eines der Kinder.«

Jess drehte den Kopf äußerst behutsam, um denjenigen – wer immer es auch sein mochte – der hinter ihr war, nicht zu erschrecken. Danny hatte recht, es handelte sich dabei um ein, ungefähr acht bis zwölfjähriges Kind. Bei jeder Bewegung des nackten und verdreckten Mädchens klapperten die in ihr Haar eingeflochtenen Knochen. Zwischen den Zähnen hatte sie ebenfalls einen Knochen. Jess war zuerst angeekelt, da sie dachte, er stamme von Noble, doch dann bemerkte sie, dass der polierte und eingeölte Knochen älteren Datums war. Das Mädchen blies hinein und entlockte ihm so ein sanft moduliertes Pfeifen.

»Darf ich es auch mal versuchen?«, fragte Jess so ruhig, als spräche sie gerade zu Hause mit einem der Sprösslinge ihres Bruders.

Das Mädchen machte große Augen. Sie blies erneut in die Knochenpfeife. Dieses Mal lauter.

Haben sie überhaupt eine Sprache?

Jess hatte sie bisher noch nie reden gehört. Statt weiter zu fragen, spitzte Jess die Lippen und pfiff. Sie versuchte das Pfeifen des Mädchens zu imitieren, das mit Verblüffung darauf reagierte. Die Kommunikation sollte allerdings kurzlebig bleiben, denn einer der Erwachsenen kam, packte das Mädchen an den Haaren und schleifte es ohne Umschweife in die Dunkelheit.

Stille breitete sich in der Höhle aus.

***

Die Sonne ging jetzt hinter den Gipfeln im Westen des Tals unter und tünchte den Ausgang in ein schimmerndes Abendrot. Leise schlurfende Töne erklangen aus dem Inneren der Felsenkammer.

Sie legen sich schlafen.

Jess Vermutung bewahrheitete sich. Nach wenigen Minuten ertönte von überallher ein dröhnendes Schnarchen.

Danny wartete eine Viertelstunde, um sicherzugehen, dass wirklich alle schlummerten, dann sagte er: »Ich komme nicht an das Messer heran, aber wenn wir unsere Rücken aneinander lehnen, gelingt es dir vielleicht.«

Quälend langsam veränderten sie ihre Sitzposition, denn sie wollten nicht den geringsten Laut erzeugen, der die Neandertaler hätte wecken können. Nach einer gefühlten Ewigkeit saßen sie endlich Rücken an Rücken da.

Jess Finger ertasteten Dannys Hand und drückten sie aufmunternd.

»Rechts«, teilte ihr Danny mit. »Nein, das andere rechts … also rechts von mir aus gesehen und ein Stückchen runter. Die Scheide hängt an meinem Gürtel. Ich habe den Verschluss zwar aufgekriegt, kann den Griff aber nicht umfassen.«

Minuten der Frustration verstrichen, bis Jess den Griff endlich packen und das Messer ziehen konnte. »Ich kann meine eigenen Fesseln nicht durchschneiden«, sagte sie frustriert nach einigen Fehlschlägen, »aber ich könnte deine durchtrennen, wenn du mich anleitest.«

»Säbel mir bloß nichts Wichtiges ab«, flüsterte Danny grimmig.

Es gelang ihnen, die Klinge mit der Schneide nach unten zwischen sich zu bugsieren – genau zwischen seine Handgelenke und auf die Lederschnur. Danach ging es nur noch darum, die Fessel durchzuschaben. Jess Arme schmerzten und von der Stirn perlte ihr Schweiß in die Augen. Sekündlich rechnete sie damit, dass einer der Neandertaler aufwachte und auf die Idee käme, er könne einen Nachtisch vertragen.

Als sie vor Erschöpfung schon fast resignierte, sagte Danny: »Die Fessel wird locker, gleich haben wir sie durch.«

Jess warf daraufhin ihre letzte Kraftreserve in die Waagschale. Sie übte beim Sägen so viel Druck aus wie nur möglich … und endlich riss die Schnur.

Als das Blut wieder in Dannys Fingern zirkulierte, befreite er zuerst seine Beine und dann Jess. Er legte ihr einen Finger auf die Lippen, bevor sie etwas sagen konnte, und flüsterte ihr ins Ohr: »Wir kriechen jetzt auf Händen und Knien nach draußen. Du zuerst. Falls sie aufwachen, dann renn um dein Leben. Kümmere dich nicht um mich, ich bin direkt hinter dir.«

Jess Hände kribbelten, als das Blut darin zurückströmte. Sie ging langsam in die Knie, dann setzte sie die Handflächen behutsam auf den Boden auf und belastete diese. Nach einem schnellen Check, ob die Neandertaler noch schliefen, machte sie sich vorsichtig auf den Weg zum Ausgang, der kaum mehr als ein unwesentlich hellerer schattierter Fleck in der Finsternis war.

DANNY

Dannys Schädel brummte. Die Wunde auf seiner Stirn hatte sich anfangs kalt angefühlt ... bis er sie berührt hatte und sie ihm dabei heiß und nass erschienen war. Der Schlag gegen den Kopf ließ seine Ohren nach wie vor klingeln und er sah auf einem Auge nur verschwommen.

Wenigstens bin ich besser dran als Noble, dachte er voller Galgenhumor.

Er steckte das Messer in die Scheide zurück und geduldete sich, bis Jess den Ausgang fast erreicht hatte. Erst dann folgte er ihr, ebenfalls auf allen vieren. Die frische Brise, die ihm entgegenwehte, half ihm, einen klareren Kopf zu bekommen. Als er den Ausgang erreichte, wartete Jess unter freiem Himmel auf einem Felsvorsprung auf ihn.

Danny nahm sich die Zeit, sich genau umzusehen, weil er hoffte, dass er ihre Rucksäcke oder vielleicht sogar das

Gewehr irgendwo entdeckte, aber leider ohne Erfolg. Der Mond war nicht zu sehen, doch zumindest waren die Sichtverhältnisse gut genug, um erkennen zu können, dass es sie, wie vermutet, in den Westen verschlagen hatte. Der einzige Weg, den sie kannten, der aus dem Tal hinausführte, war somit weit entfernt … sehr weit.

Jess deutete nach unten und Danny trat zu ihr.

Der steile Pfad in die Tiefe war kaum dreißig Zentimeter breit und verschwand nach einer Weile in einer undurchdringlichen Dunkelheit, die wahrscheinlich das Vorhandensein von Baumbewuchs markierte. Danny signalisierte ihr, sie solle vorsichtig vorgehen. Er zückte das Messer. Die Waffe in seiner Hand erfüllte ihn irgendwie mit milder Zuversicht. Er beobachtete den Ausgang der Höhle so lange, bis er sicher sein konnte, dass Jess ausreichend Abstand gewonnen hatte, falls die Urmenschen Wind von ihrer Flucht bekommen hatten. Erst dann lief er ihr äußerst vorsichtig hinterher.

***

Danny empfand bei jedem Zentimeter, den sie zurücklegten, ein Gefühl von Ungeschütztheit. In dieser Gegend tummelte sich einfach zu Vieles, das ihnen nach dem Leben trachtete, und es existierten zu viele dunkle Schatten, in denen man ihnen verborgen auflauern konnte. Jess lief nervenaufreibend langsam, doch Danny sparte es sich, sie zur Eile anzutreiben, denn der Boden war fast so vereist und glitschig wie der Bachlauf bei ihrem Abstieg auf der anderen Seite. Jeder von ihnen hatte schon mehrmals fast den Halt verloren und einmal hatte er selbst sogar eine kleine Lawine ausgelöst. Er war überzeugt davon, dass der dabei fabrizierte Lärm die Neandertaler mit Sicherheit aus dem Schlaf aufschreckte, aber das Glück blieb ihnen treu und niemand rührte sich.

Obwohl ihr Marsch bis zur Baumgrenze nur zwanzig Minuten dauerte, schien er sich endlos in die Länge zu ziehen. Als sie schließlich unter den Schutz der Blätter gelangten, konnte Danny zumindest ein klein wenig entspannen.

Nur die Geräusche von Jess schwerem Atem durchbrachen die Stille. Es war zu dunkel, um ihre Gesichtszüge interpretieren zu können. Mit gepresster Stimme sagte sie jetzt zu ihm: »Ich hätte gern fünf Minuten Pause.«

»Alles okay bei dir?«

»Die letzten Tage habe ich einfach zu oft einen auf den Deckel gekriegt. Wie lautet denn unser Plan?«

»Rüber auf die andere Seite und dann raus hier.«

»Wir müssen unterwegs aber irgendwo Wasser finden, und idealerweise auch etwas zu essen, denn wir laufen beide schon auf Reservetank.«

Danny verschwieg ihr, was er gerade wirklich dachte und sie tat wahrscheinlich das Gleiche. Sie durchwandern hier gerade vollkommen unbekanntes Territorium und ihr Feind war ihnen zahlenmäßig deutlich überlegen. Darüber hinaus verfügten die Urmenschen, im Gegensatz zu ihnen, über Ortskenntnisse. Das Gelände, das sie durchqueren mussten, wurde außerdem von Raubtieren in großer Zahl bevölkert, und die einzige Waffe zu ihrer Verteidigung war Dannys Jagdmesser.

Ich würde nicht auf uns wetten, dachte er sarkastisch.

Die Alternative wäre Nobles Schicksal zu erleiden. Danny hatte bisher genug gesehen, um zu wissen, dass er – sollte es wirklich zum Schlimmsten kommen – sein Schicksal in die eigenen Hände nehmen würde, als den Höhlenmenschen die Genugtuung zu gönnen, ihn erledigen zu können.

»Wir müssen uns voll und ganz auf unsere Sehkraft verlassen«, sagte er, »und um meine ist es gerade nicht allzu gut bestellt. Geht der Weg zwischen den Bäumen weiter?«

»Ja, er verläuft in südlicher Richtung abwärts, aber er ist verdammt dunkel.«

»Dagegen können wir momentan nichts machen. Ich habe noch mein Feuerzeug, aber das sollten wir wirklich nur dann verwenden, wenn uns absolut keine andere Lösung mehr einfällt. Bist du bereit, aufzubrechen?«

»Ich glaube schon, aber ich muss dich warnen, es wird ein langwieriger Abstieg werden.«

»Egal, wie lange es dauert, solange die Neandertaler schlafen, sind wir außer Gefahr.«

»Hast du mal über den Grund nachgedacht, warum sie nachts in der Höhle bleiben?«

»Ja, aber dabei kam nichts Gutes heraus. Konzentriere dich lieber auf den Abstieg. Der hat oberste Priorität. Wenn wir zusammenbleiben, werden wir überleben.«

»Das klingt gut«, meinte Jess.

***

Wie von Jess angekündigt, ging es äußerst zäh voran. Doch dankenswerterweise war der Boden schon bald weniger rutschig als auf den ersten Metern ihrer Flucht und ein fataler Absturz war so nicht zu befürchten. Vollkommene Stille umgab sie. Die einzigen Geräusche stammten von ihrer Atmung und ihren Schritten auf dem Boden. Dannys Schädel schmerzte bei jedem einzelnen Schritt auf dem von Kiefernadeln übersäten

Untergrund. Die Wunde an seiner Stirn war zwar mittlerweile verkrustet und hatte aufgehört zu nässen, aber auf einem Auge konnte er immer noch nicht richtig sehen. Sollte also etwas aus der Dunkelheit auf sie zu rasen, würde er garantiert nicht rechtzeitig reagieren können. Also lief er Jess hinterher und hoffte, dass sich ihr Glück zum Besseren gewandelt hatte.

Nach zehn Minuten wurde Jess langsamer. »Ich kann fließendes Wasser hören. Soll ich dem Geräusch folgen?«

»Nein, wir gehen weiter runter. Das Wasser fließt ebenfalls dorthin. Wir werden unten danach suchen.«

Als sie nach einer Weile einen halb zugefrorenen Oberflächenabfluss für Schmelzwasser fanden, schöpften sie mit bloßen Händen kühles Wasser, das erfrischender schmeckte als das süffigste Bier. Danny nutzte die Gelegenheit, säuberte die Stirnverletzung und tupfte sie dann mit einem Taschentuch trocken. Durch die kalte Flüssigkeit ging sogar die Schwellung am Auge ein bisschen zurück, sodass er etwas besser sehen konnte. Er war gerade dabei eine weitere Handvoll Wasser zu trinken, als sich im Süden in der Ferne etwas durch das Dickicht bewegte.

»Ein Hirsch?«, fragte Jess angespannt.

»Wahrscheinlich«, pflichtete ihr Danny bei, wohl wissend, wie falsch diese Annahme zu ihrem Nachteil sein könnte. »Komm, es ist an der Zeit weiterzulaufen.«

Er überließ Jess, wie inzwischen gewohnt, den Vortritt. Mit dem Messer in der Faust lauschte Danny nach Geräuschen im Unterholz. Doch außer einem Eichhörnchen, das lautstark seine Ankunft verkündete, hörte er nichts.

Eine halbe Stunde danach erreichten sie endlich die Talsenke.

***

Danny wies Jess an, vor dem Ende der Baumgrenze anzuhalten, damit sie für eventuell spähende Beobachter unsichtbar blieben. »Wir müssen jetzt eine Entscheidung fällen«, sagte er. »Entweder wandern wir von hier aus direkt durch das Tal oder wir kämpfen uns durch den Wald zur Mine durch und versuchen es auf der gleichen Route wie gestern.«

»Weil das gestern so gut funktioniert hat, meinst du?«, fragte Jess missmutig. »Habe ich da auch ein Wörtchen mitzureden?«

»Natürlich. Wir haben bisher meinem Instinkt vertraut und das hat nicht besonders gut funktioniert. Was denkst du also?«

»Wir sollten geradewegs durch das Tal marschieren, aber jetzt im Dunkeln halte ich das für eine dämliche

Idee, weil wir die Bodenbeschaffenheit nicht kennen und keine Ahnung haben, welche Biester sich in welcher Menge dort herumtreiben. Ich möchte es mir gern ersparen, ohne Deckung von einem Rudel Wölfe aufgespürt zu werden.«

»Geht mir genauso. Ich würde vorschlagen, wir laufen noch ein kleines Stück an der Baumgrenze entlang, dann sind wir in Deckung und kommen etwas näher an die Mine heran, falls uns gar nichts mehr anderes übrig bleibt als ein Rückzug dorthin.«

»Wie weit glaubst du, ist es noch bis zur Mine?«

»Vier oder fünf Kilometer würde ich sagen. Es sind aber noch ein paar Stunden bis zur Morgendämmerung. Wir könnten bis dahin an der Mine sein und sobald es hell wird, von dort aus, den ersten Teil des Weges auf vertrautem Grund zurücklegen. Danach biegen wir dann ab. Bis dahin haben wir dann auch genügend Entfernung zwischen uns und unsere Freunde in der Höhle gebracht.«

»Dafür brauchen wir aber dringend eine gute Portion Glück.«

»Ich würde sagen, die haben wir uns zur Genüge verdient.«

JESS

Danny setzte sich auf der Wanderung in den Süden an die Spitze des Duos. Sie hielten sich dabei an eine Hirschfährte zwischen den Bäumen. Mancherorts schien es so als verliefe die Fährte bergauf, doch dann schwenkte sie immer wieder den Hang hinunter ab. Danny folgte der Spur mit traumwandlerischer Gewissheit.

Die Fährte schien kein Ende zu nehmen und Jess wurde immer bewusster, wie stark ihr der Mangel an Schlaf und Nahrung in den Knochen steckte. Es war jetzt rund zwanzig Stunden her, seit sie zuletzt etwas gegessen hatten. Jess hätte vor Freude fast gejauchzt, als Danny plötzlich anhielt, etwas aus einem Gebüsch pflückte und ihr ein kärgliches Häufchen Beeren anbot.

Er sagte: »Bei dem schlechten Licht ist es schwer festzustellen, ob sie schon reif sind, aber sie fühlen sich zumindest nicht allzu hart an. Vielleicht sind sie noch sauer. Was soll's. Die Hauptsache ist, wir haben endlich was zu futtern. Aber ich möchte keine Beschwerden hören, falls wir beide nachher Dünnpfiff kriegen.«

Jess stopfte sich eine der Beeren in ihren Mund und zerbiss sie vorsichtig. Sie schmeckte herrlich süß. Die restlichen Früchte verschlang sie gierig.

Danny stöberte noch eine ganze Reihe von fruchttragenden Büschen auf, sodass sie sich satt essen und sogar noch einen Vorrat in ihren Taschen mitnehmen konnten. »Wir haben uns die Hände und die Klamotten garantiert ordentlich eingesaut. Aber das dürfte momentan unser geringstes Problem sein. Was mir …«

Das laute Klagelied eines Wolfes durchschnitt plötzlich die Nacht und bald darauf stimmten seine Artgenossen ein. Das Heulen hallte von den Bergwänden wider.

»Hoffentlich nehmen sie unsere Witterung nicht auf«, sagte Danny besorgt. »Los, weiter. Hier herumzustehen macht mir Angst.«

Also gingen sie weiter in nordöstliche Richtung.

***

Das Heulen der Wölfe dauerte an. Durch die eigenartige Akustik im Tal wirkte es wie das Lied eines Kirchenchors in einer gewaltigen Kathedrale. Unter anderen

Umständen hätte Jess es wahrscheinlich als wunderschön empfunden, aber unter den aktuellen Verhältnissen ließ es sie erschaudern und sie beschleunigte unwillkürlich ihre Schritte, damit die Distanz zu Danny nicht allzu groß wurde.

Nach einer Weile blieb Danny stehen. »Der Wildwechsel bringt uns hier nicht mehr weiter voran. Ich schätze mal, er mündet gut einen Kilometer vor der Mine ins Tal. Ich könnte versuchen, einen anderen zu finden, der höher am Berg verläuft, aber wer weiß, ob es dort überhaupt einen gibt. Wenn ich mich nicht täusche, ist westlich von der Mine nämlich eine massive Felswand.«

»Ich habe es genauso in Erinnerung. Dann wird es wohl so sein.«

Danny nickte. »Die Mine behalten wir als Notfallplan in der Hinterhand. Falls wir auf offenem Gelände attackiert werden, fliehen wir dorthin und verteidigen uns dann. Okay?«

Jess bejahte die Frage und heftete sich an Dannys Fersen, als dieser weiterging, um den letzten Rest der Böschung vor der ebenen Talsohle hinter sich zu bringen. Das Tal schimmerte im schwachen Licht der Sterne, das vom Dunst, der über den Teichen, Tümpeln und Bächen hing, silbern reflektiert wurde.

Als Jess geistesabwesend *Take me home, country roads* summte, unterbrach Danny sie barsch. »Sei still! Wir müssen uns jetzt beeilen.«

Nur zu gern wäre Jess vom offenen Land in die Deckung des Waldes geflüchtet. Es kostete sie enorm Überwindung, einen Fuß vor den anderen zu setzen.

Danny strauchelte plötzlich und fiel beinahe hin. Dabei verursachte er jede Menge Lärm. Das Heulen der Wölfe verebbte abrupt und verwandelte sich in ein aufgeregtes Bellen. »Scheiße«, rief Danny. »Sie haben uns gehört. Renn so schnell du kannst. Jetzt!«

Ohne jegliche Vorsicht stürmten sie jetzt mit ausholenden Schritten abwärts, von denen jeder in einem Sturz hätte münden können. Zu Jess Überraschung schafften sie es unversehrt bis auf die flache Ebene.

Sie hatten allerdings keine Zeit, diesen Erfolg zu feiern, denn das Gebell der Wölfe kam jetzt definitiv näher.

»Die Mine«, rief Danny. »Die ist unsere einzige Chance. Warte aber nicht auf mich, wenn du schneller vorwärtskommst. Lauf einfach zur Höhle und suche dir dort irgendwas zur Verteidigung. Ich komme so schnell ich kann nach.«

Jess hielt sich nicht lange mit der Frage auf, wohin sie laufen sollte. Zu ihrer Rechten befanden sich die Felsen, links das Tal und die Mine musste irgendwo davor sein.

Sie nahm also die Beine in die Hand und rannte los. Hinter ihr erklangen jetzt Dannys schwere Schritte.

Zuhause in der Stadt joggte Jess fast täglich, um den Stress von der Arbeit loswerden zu können, und obwohl selbst die unwirtlichsten Feldwege rund um Toronto im Vergleich zu der Wildnis hier in den Rocky Mountains bestens ausgebaut waren, profitierte sie jetzt von ihrem regelmäßigen Lauftraining und machte rasch Meter um Meter gut. Mit dem wachsenden Abstand zu Danny wurden dessen Laufgeräusche allmählich immer leiser. Ihre gesamte Konzentration war nun auf die *Ziellinie* fokussiert, auf den Eingang zur Mine. Alles andere war ihr egal.

Der Boden war uneben und feucht. Ihr Rücken schmerzte noch immer von der Rutschpartie auf ihrem Rucksack, aber sie nahm den Schmerz momentan gar nicht mehr wahr.

Nach einer Weile wurde ihr bewusst, dass sie Danny überhaupt nicht mehr hörte. Jess reduzierte daraufhin die Geschwindigkeit und blickte hastig über die Schulter nach hinten. Er war zwar immer noch da, doch er wankte mehr vorwärts, als dass er rannte. Als sie stoppte, winkte er sie sofort weiter und rief: »Los weiter! Lauf zur Mine! Sie kommen immer näher!«

Jess verschärfte das Tempo also wieder und sprintete mit aller Kraft weiter. Wasser spritzte aus den Pfützen, in die sie hinein lief. Endlich tauchte die Höhle vor ihr auf. Sie hastete den Aufgang hoch und zu ihrer Freude lagen die beiden Speere noch vor dem Eingang – exakt an der Stelle, an der sie bei ihrem Aufbruch gelegen hatten. Sie hob beide auf, brachte einen davon ins Innere der Höhle und ging mit dem anderen zurück nach draußen.

Danny rannte gerade den Anfang des Weges hoch. In seinem Rücken kamen jetzt graue Schemen zum Vorschein. Das Wolfsrudel war nur noch maximal sechs bis sieben Meter hinter ihm.

»Beeil dich!«, schrie Jess. Sie konnte nicht hören, ob er antwortete, denn das Kläffen der Wölfe war angesichts der lockenden Beute zu einem extremen Tosen angeschwollen. Danny rannte den Aufgang in rasender Geschwindigkeit hoch. Doch die Wölfe hetzten ihm unermüdlich hinterher.

Das wird knapp, dachte Jess.

DANNY

Das Bellen klang, als wären die Wölfe ihm nur wenige Zentimeter entfernt auf den Fersen. Doch Danny war bereits am Limit. Seine Brust schien platzen zu wollen und seine Beine brannten.

Jess brüllte irgendetwas, was er nicht verstand. Dann rief sie wieder. Dieses Mal drangen die Worte zu ihm durch.

»Runter auf den Boden!«

Er reagierte instinktiv, warf sich mit einem Hechtsprung hin, federte sein Gewicht dabei ab und rollte zur Seite. Einer der Wölfe jaulte entsetzt auf und stolperte mit einem Speer in der Brust über die eigenen Beine. Danny sprang in die Höhe, rannte los und traf knapp vor dem restlichen Rudel am Höhleneingang ein.

Drinnen riss er eine der Öllampen aus ihrer Wandhalterung und warf sie vor den nahenden Wölfen auf den Boden. Sein Feuerzeug hatte sich in den Stoff seiner Hosentasche eingedreht, doch es gelang ihm, dieses mit einigem Gefummel herauszufischen. Er entflammte es und warf es mit einem stummen Gebet auf den Lippen zwischen die Scherben der zerbrochenen Lampe.

Das Öl fing sofort zischend Feuer, direkt unterhalb der Schnauze des Leitwolfs. Das Fell an dessen Kopf loderte auf und hüllte ihn kurz darauf in eine rötliche Aureole. Zusammen mit dem Rest der Meute ergriff er die Flucht.

»Wir müssen jetzt schnell etwas holen, das wir an den Flammen anzünden können, damit wir auch in der Höhle Feuer haben. Am besten eine andere Lampe«, sagte Danny.

Jess gab ihm den zweiten Speer und tat, ohne zu zögern, was er gesagt hatte. Währenddessen schob Danny, mit der steinzeitlichen Waffe in der einen und dem Messer in der anderen Hand, Wache … wohl wissend, dass beides nur wenig hilfreich sein würde, falls die Biester im Rudel angriffen.

***

Nach zehn Minuten hatten sie ein Feuer im vorderen Bereich ihres Unterschlupfs in Gang gesetzt und Jess hatte außerdem sämtliche Öllaternen aus dem Schacht aufgelesen. »Unten in der Felsenkammer sind, glaube ich, noch zwei weitere, aber ich konnte mich nicht durchringen hineinzugehen, denn da ist Mike ...«

Danny unterbrach sie. »Ist schon gut. Wir haben genug.«

»Genug wofür?«

»Um uns die Wölfe eine Weile vom Hals halten zu können – zumindest bis zum Tagesanbruch. Dann starten wir nämlich einen neuen Fluchtversuch.«

»Was ist mit dem Höhlenmenschen-Stamm?«

»Falls wir mit ihnen fertig werden müssen, dann werden wir eben mit ihnen fertig. Ein zweites Mal erwischen sie uns ganz bestimmt nicht so einfach. Lass uns hoffen, dass sie solange schlafen, bis wir ein gutes Stück Weg absolviert haben. Dann können sie uns nämlich definitiv nicht mehr einholen.«

Sie verharrten nebeneinander und sprachen eine lange Zeit kein einziges Wort.

Irgendwann fragte Jess: »Werden wir es schaffen?«

»Wir haben es immerhin bis jetzt geschafft. Ich habe mir selbst eine Riesenpizza und Bier bis zum Abwinken versprochen, wenn wir wieder daheim sind, also werden wir hier gefälligst auch rauskommen.«

»In diesem Falle bräuchten wir dann aber zwei Pizzas und die doppelte Menge Bier.« Jess lächelte. »Mann, wie ich mich darauf freue. Das wird klasse.«

Etwas später fertigte Danny für Jess eine Brandfackel an, die er aus dem Leder einer alten, verwaisten Satteltasche herstellte, indem er dieses um den Schaft eines abgebrochenen Pickels wickelte und dessen Spitze zum Abschluss mit Lampenöl tränkte. »Falls dir irgendetwas oder irgendwer zu sehr auf den Pelz rückt, zünde die Fackel an und ramme sie ihm einfach mitten in die Fresse.«

Wie um seiner Aussage besonderes Gewicht zu verleihen, fingen die Wölfe nun wieder an, sich kräftig bemerkbar zu machen. Danny umklammerte den Speer fester, doch die Wölfe gingen dieses Mal anscheinend nicht auf Menschenjagd. Etwas anderes war für ihre Aufregung verantwortlich. Der Säbelzahntiger war offenbar wieder auf der Pirsch und verkündete dies mit tosendem Gebrüll. Kurz darauf stieß ein Wolf einen schrillen Schmerzensschrei aus, dann wurde es wieder still im Umland.

»Eins zu null für die Katze«, sagte Jess trocken.

»Hoffentlich hat sie die Wölfe ordentlich erschreckt, sodass sie sich längere Zeit nicht mehr hierher trauen.«

»Ich weiß ehrlich gesagt nicht, ob ich lieber den Wölfen oder dem Tiger begegnen würde«, meinte Jess mit einem sarkastischen Unterton in der Stimme.

***

Die Nacht dauerte gefühlt eine Ewigkeit. Zu Dannys Überraschung war Jess im Stehen, mit dem Rücken an die Wand gelehnt, eingeschlafen. Er gönnte ihr die Gelegenheit zur Erholung und weckte sie nicht auf. Am liebsten hätte er es ihr gleichgetan, doch auf solchen Luxus musste er zu ihrer beider Wohl verzichten. Er hielt mitten im Ausgang Wache, den Speer so fest umklammert, dass sich das Weiße seiner Knöchel abzeichnete. Er versuchte die aufkeimenden Gedanken zu verdrängen, was geschehen würde, wenn die Neandertaler zu früh aufwachten, oder die Wölfe wieder zurückkamen. Was ihnen im Falle einer Säbelzahntiger-Attacke zustoßen würde, war zu schrecklich, um es sich überhaupt auszumalen.

»Mach dir keine Sorgen über Dinge, die du sowieso nicht beeinflussen kannst«, hatte Gus bei ihren früheren Jagdausflügen stets zu ihm gesagt. Noch hatte Danny die Trauer über den Verlust seines Freundes weitgehend verschont. Der seelische Schmerz würde wahrscheinlich erst in der Zukunft über ihn hereinbrechen, aber dann garantiert mit aller Härte, denn Gus war fast wie ein älterer Bruder für ihn gewesen, und er hatte noch nicht einmal seine Leiche, um ihm ein würdiges Begräbnis zuteilwerden zu lassen. Neben der Grübelei zerrten auch Müdigkeit und Hunger an Dannys Wachsamkeit. Sein

Kopf sank langsam nach vorn, seine Augenlider fielen zu und bevor er es merkte, schlief er ein.

Als er aufwachte, tauchten Sonnenstrahlen das Umland in ein helles Licht. So wie es aussah, hatte er die komplette restliche Nacht verschlafen.

Danny schüttelte Jess so lange, bis diese mühsam die Augen öffnete. Müde sagte sie: »Wie viel Uhr ist es?«

»Es ist an der Zeit aufzubrechen.«

»Du hättest mich nicht die ganze Nacht schlafen lassen sollen.«

Er lachte. »Wie hätte ich das denn machen sollen? Ich bin selbst gerade eben erst munter geworden. Uns ist zum Glück nichts passiert. Anscheinend hat sich unser Schicksal endlich zu unseren Gunsten gewendet.«

Ohne lange zu zögern, bewerkstelligten sie die Vorbereitungen zum Aufbruch. Danny rüstete sich mit dem Speer und seinem Messer, Jess mit der – noch nicht angezündeten – Fackel sowie drei Öllampen, die sie mit einem Lederriemen zusammengeschnürt hatte. Bevor sie losgingen, entfachte sie eine der drei Lampen an den letzten Flammen ihres Lagerfeuers.

»Auf offenem Gelände sollten wir besser nicht rennen«, meinte Danny. »Wir gehen lieber langsam und schauen uns in Ruhe um. Falls uns jemand auf die Pelle rückt, bekämpfen wir ihn mit Feuer. Okay?«

»In Ordnung.« Jess hielt kurz inne. »Es gibt da aber noch etwas, das ich vorher erledigen muss. Begleitest du mich?«

Zusammen liefen sie durch den Minenschacht bis in die Felsenkammer. Dort goss Jess das Öl aus zwei der Laternen über den geschlossenen Schlafsack, in dem Mikes Leiche ruhte. Jess Hände zitterten, als sie vergeblich einen Fetzen Stoff an der brennenden Lampe anzuzünden versuchte.

»Ich kann das für dich übernehmen«, schlug Danny einfühlsam vor.

»Nein, das ist meine Aufgabe.« Sobald sie die Worte ausgesprochen hatte, entflammte der Stoff. Sie trat einen Schritt zurück und warf ihn auf den Schlafsack, der sofort anfing, zu brennen. Kurz darauf erfüllte beißender Rauch die Kammer, sodass sie daraus fliehen mussten. Der Qualm drang nun von unten durch den Stollen bis zum Ausgang der Höhle.

Tränen rannen aus Jess Augen, während sie zur Talsohle hinabstiegen.

JESS

Trotz der immer größer werdenden Entfernung zur Höhle hatte sich der Gestank nach Rauch in ihrer Nase festgesetzt und erinnerte sie ohne Unterlass an die letzte Ehre, die sie ihrem Freund erwiesen hatte. Die Vorstellung, Mike allein und unbewacht in der Höhle lassen zu müssen, wo ihn eventuell die Neandertaler finden und verspeisen würden, war ihr einfach unerträglich gewesen. Ihm eine Feuerbestattung ermöglicht zu haben, erleichterte sowohl ihre Seele als auch ihre Schritte.

Pizza und viel, viel Bier warten auf uns. Also nichts wie hin.

Danny hatte nun wieder die Führung übernommen. Er steuerte auf den teilweise gefrorenen Bachlauf zu, den sie gestern erklommen hatten. Die Mammutherde graste nördlich von ihnen in der Ferne und wirkte äußerst entspannt. Vom Säbelzahntiger, den Wölfen oder den Neandertalern war nicht das kleinste Zeichen zu sehen.

Sie kamen gut voran. Der ungeplante Schlaf hatte Jess Schmerzen gelindert und der Vorrat an Beeren, die sie zum Frühstück verputzt hatte, hatte ihre Kräfte gestärkt. Die Sonne befand sich schon bald auf dem Höhepunkt und die Bergkuppen glitzerten in ihrem hellen Schein. Ein milder Wind wehte den Rauchgeruch aus ihren Gesichtern und damit auch die Erinnerung an das Geschehene fort.

Jess relativ gute Laune endete allerdings abrupt, als sie den Bachlauf erreichten, denn Nobles zerschmetterter Kopf stand dort auf zwei aufeinandergestapelten Steinen und starrte sie böse aus nackten Augenhöhlen an.

So ein Mist. Die Neandertaler sind hier, durchfuhr es Jess. *Sie haben uns aufgelauert.*

»Wir haben keine andere Wahl«, sagte Danny bedauernd, während sie dem grotesken Arrangement näherkamen. »Wir müssen weitergehen. Wir dürfen uns jetzt nicht beirren lassen. Sie wissen nicht, dass wir keine zweite Schusswaffe haben. Vielleicht halten sie sich auch von uns fern, weil sie glauben, unsere Flucht hätte etwas mit Magie zu tun.«

»Aber sie beobachten uns, oder?«

»Ziemlich sicher. Aber zumindest bleiben sie im Moment noch auf Distanz. Ich weiß nicht, wie es dir geht, aber ich habe keine Lust, mein restliches Leben, wie lange das auch sein mag, in dem Minenschacht zu fristen, also sollten wir schleunigst weitergehen.«

Jess betrachtete die Strecke vor ihnen kritisch. Die Äste der Bäume hingen über dem Bachlauf und verwandelten ihn in einen Hohlweg, der wie ein düsterer Tunnel wirkte. Aber dieser Weg war der Einzige, der ihnen eine Chance bot, nach Hause zu kommen … zu dem Bier, der Pizza, einem weichen Bett und einer heißen Dusche. Also zögerte sie nicht, ihren Fuß in das von Kieseln übersäte Bachbett zu setzen.

Sie konnte Nobles toten Blick fast körperlich spüren, als sie an dem Kopf vorbeiging. Das Gefühl schwand zum Glück, je stärker sie sich auf ihre Schritte auf dem trügerischen Untergrund konzentrierte.

Doch irgendwann brachte sich ihnen der Säbelzahntiger mit einem dröhnenden Brüllen wieder ins Gedächtnis.

»Das kommt aus dem Norden«, meinte Danny, »und dem Klang nach zu urteilen, ist es weit entfernt.«

»Hoffentlich«, antwortete Jess, ohne ihre Geschwindigkeit zu reduzieren.

Nach einer Weile entdeckten sie auch Gus' Schädel.

Nachdem sie daran vorbeigegangen waren, hielt Jess kurz an, um nach Luft zu schnappen.

»Dreh dich nicht um«, riet ihr Danny, »aber wir haben Gesellschaft.«

»Wie viele?«

»Vermutlich fast der ganze Stamm. Sie halten unser Tempo. Sie sind aber bestimmt zwanzig Meter weiter unten. Anscheinend wollen sie sich nur vergewissern, dass wir nicht mehr kehrt machen.«

»Und die Übrigen sind weiter oben und wollen uns dort auflauern? So wie gestern?«

»Wahrscheinlich«, meinte Danny.

»Was sollen wir tun?«

»Wir steigen einfach höher. Wir klettern so hoch wie möglich und wenn sie über uns herfallen, nehmen wir so viele wie wir können mit in den Tod. Mir ist nämlich nicht danach als Abendessen auf einem nicht vorhandenen Tisch zu landen.«

Doch als sie aus dem Wald herauskamen, versperrte ihnen eine kleine Horde von sechs männlichen Urmenschen den Zugang zu dem Baum, an dem sie eigentlich die Klippe erklimmen wollten. Der Größte davon, derjenige, der in ihrer Wohnhöhle Noble getötet hatte, rückte nun mit erhobenem Speer einen Schritt vor. Er schmetterte seine flache Hand wiederholt gegen seine blanke Brust und deutete dabei mit der Speerspitze auf Danny. Die Bedeutung dieser Geste war unmissverständlich: Der Neandertaler sprach damit eine Herausforderung zum Zweikampf aus.

»Wenn er sich mit mir prügeln will, wird er aber sein blaues Wunder erleben. Das kann er von mir aus gern haben«, sagte Danny selbstbewusst und kampflustig.

»Bitte«, flüsterte Jess. »Bitte, tu das nicht.«

Doch Danny zuckte nur mit den Schultern.

»Das ist unsere einzige Chance. Wenn ich ihn besiege, verlieren sie ihr Gesicht und lassen uns vielleicht gehen.«

»Darauf würde ich aber nicht mein Leben verwetten«, widersprach ihm Jess.

»Etwas anderes, um darauf zu wetten, gibt es aber momentan nicht«, machte ihr Danny deutlich, zog seine Jacke aus und legte sie Jess vor die Füße. »Falls es zum Schlimmsten kommen sollte, zündest du die Fackel an, wirfst damit nach ihnen und rennst anschließend zum Baum an der Felswand. Sie werden so überrascht sein, dass du genug Zeit hast, daran hochzuklettern und dich in Sicherheit zu bringen.«

»Bitte, tu das nicht«, wiederholte sie, obwohl sie wusste, dass Dannys Entscheidung bereits unwiderruflich fest stand.

Danny trat vor und schlug sich mit der Hand, mit der er das Messer umklammerte, gegen die Brust, dann zeigte er mit dem Speer auf den Neandertaler.

Beide Kontrahenten stürmten in derselben Sekunde aufeinander los.

DANNY

Sie trafen sich auf einer freien Moosfläche zwischen der Baumgrenze und den Klippen, westlich von dem Baum, der Jess und Dannys einzige Hoffnung auf eine Überwindung der Felswand darstellte.

Danny umkreiste den Neandertaler und beobachtete ihn wachsam. Er verfügte über Vorteile, was Körpergröße und Reichweite der Arme anging, aber der kompakte Neandertaler glich diese durch die mächtigen Muskelstränge, die sich unter seiner ledrigen Haut spannten, ohne Probleme aus.

Der Höhlenbewohner täuschte jetzt einen Speerstoß nach links an, sprang aber gleichzeitig nach rechts. Der Speer zuckte derart schnell vor, dass Danny die eigene Waffe erst im letzten Moment hochreißen konnte, um den Stoß zu parieren. Hätte der Neandertaler die anvisierte Stelle getroffen, hätte er Dannys rechtes Auge durchbohrt. Danny konterte mit einem niedrigen, geschwungenen Hieb, der seinen Gegner am Bauch erwischen sollte. Doch trotz seiner gedrungenen Figur bewegte sich der Neandertaler enorm leichtfüßig und tänzelte einfach etwas zurück, bevor die Speerspitze sein Fleisch durchdringen konnte. Ohne zu zögern, griff der Neandertaler erneut an. Dieses Mal antizipierte Danny die Attacke früher, hüpfte einen Schritt zur Seite und schlitzte mit seinem Messer den Bizeps des Urmenschen auf. Blut quoll daraufhin aus der üblen Schnittverletzung und der Urmensch verzerrte das Gesicht zu einer überraschten Grimasse. Es wirkte, als habe er bisher nicht realisiert, dass es sich bei dem Jagdmesser ebenfalls um eine Waffe handelte.

Jetzt weißt du Bescheid, dachte Danny grimmig.

Sie fingen nun an, sich wieder zu umkreisen, dieses Mal allerdings wesentlich vorsichtiger. Der Stammeshäuptling der Neandertaler brüllte trotzig auf.

Doch statt aus Dannys Mund erhielt er eine Antwort aus dem Wald. Ohne Vorwarnung preschte der Säbelzahntiger jetzt plötzlich zwischen den Bäumen hervor.

JESS

Jess stand einsam und allein etwas abseits des Kampfes, den Danny um ihrer beider Leben ausfocht. Nicht wegzulaufen, war das Mindeste, das sie für ihn tun konnte. Zu Beginn der Auseinandersetzung hatte sie ein leises Pfeifen in der Nähe gehört. Es stammte von dem Neandertalerkind mit der Knochenpfeife. Als das Mädchen die Aufmerksamkeit der erwachsenen Frau spürte, lächelte sie und Jess konnte nicht anderes, als diese freundliche Geste zu erwidern.

Doch dann richtete sie ihre Aufmerksamkeit wieder, so wie alle übrigen Anwesenden, auf den Kampf. Als Danny den Höhlenmenschen am Arm verletzte, hätte Jess ihrem Gefährten fast applaudiert und ihn lautstark angefeuert, doch sie zügelte sich.

Der Neandertaler brüllte trotzig auf und fast im selben Moment sprang der Säbelzahntiger aus dem Unterholz.

Die Situation eskalierte in Sekundenbruchteilen zu einem Tumult sondergleichen. Jess wollte instinktiv fliehen, sie sah jedoch, wie der Häuptling den Kampf abbrach und sich mit erhobenem Speer zwischen dem Raubtier und seinen Leuten platzierte. Gebannt verharrte Jess an Ort und Stelle. Als sich Jess und Dannys Blicke begegneten, nickte der Bergführer leicht in Richtung der Bäume, um ihr zu signalisieren, dass sie losrennen sollte. Er selbst ließ allerdings nicht erahnen, dass er ihr folgen würde. Ganz im Gegenteil. Er trat jetzt einen Schritt vor und bildete Schulter an Schulter mit dem Neandertaler eine Front gegen die Bestie. Gemeinsam stießen sie mit ihren Speeren abwehrend in Richtung der Schnauze des Säbelzahntigers.

Jess fühlte auf einmal, wie eine warme Hand ihre eigene umfasste. Das Neandertalermädchen war zu ihr gekommen und presste sich fest gegen ihr Bein und umschloss dieses mit ihrem freien Arm. Die Miene der Kleinen war eine Maske der Furcht, sie fixierte die Speere der beiden Verteidiger starr.

Plötzlich kamen Jess Dannys frühere Worte in den Sinn: *Falls uns jemand auf die Pelle rückt, bekämpfen wir ihn mit Feuer. Okay?*

Sie gab die Hand des Mädchens frei, das sich daraufhin mit beiden Armen um ihre Hüfte klammerte, während

Jess an der Glasscheibe der Laterne herumfummelte, um an die Flamme in deren Bauch heranzukommen.

DANNY

Dannys Entscheidung, dem Neandertaler beizustehen, war aus keiner bewussten Überlegung heraus entstanden. Als er Jess und das Kind gesehen hatte, hatte er es einfach getan. Er hatte mit dem Speerträger schließlich weitaus mehr gemein als mit der Raubkatze, trotz all ihrer bisherigen Schwierigkeiten untereinander.

Der Säbelzahntiger fauchte ihnen wütend ins Gesicht. Sein Atem stank nach verrottetem Fleisch, Schweiß und Blut. Danny fragte sich, ob der Geruch vielleicht teilweise von dem Wolf stammte, den er gestern Abend abgefackelt hatte. Doch ihm blieb keine Zeit für weitere Überlegungen. Die Katze attackierte nämlich jetzt seinen Nebenmann. Sie machte einen Satz nach vorn und schnappte nach dessen blutigem Arm, doch der Neandertaler hatte mit dem Angriff gerechnet und trat mit der gleichen Geschicklichkeit, die er schon vorhin bewiesen hatte, einen halben Meter zurück und stieß dabei den Speer vor. Die Spitze glitt an einem der mächtigen Fangzähne ab und zerschnitt die Backe des monströsen Tiers.

Heißes, stinkendes Blut spritzte aus der Wunde.

Der Säbelzahntiger tobte daraufhin vor Wut und warf sich wie wild hin und her. Danny hechtete aus der Gefahrenzone, und zwei andere männliche Neandertaler eilten dem Häuptling, im Bestreben das Biest zur Strecke zu bringen, zur Hilfe. Einen davon schmetterte das Tier mit der Pranke zur Seite, als sei er nur eine Strohpuppe. In seiner Brust klaffte danach ein gewaltiges Loch. Der Tiger befand sich nun im Blutrausch und stürmte auf den Stammeshäuptling zu. Danny rappelte sich auf, schnellte vor und rammte den Speer wuchtig in die gleiche Stelle, an der die Katze damals den Treffer mit dem Gewehr eingesteckt hatte.

Doch damit war der Säbelzahntiger immer noch nicht erledigt. Er wirbelte zu Danny herum und riss ihm durch die Bewegung den Speer, der immer noch in der Wunde steckte, aus der Hand.

Nun standen sie sich von Angesicht zu Angesicht gegenüber. Danny hob das Jagdmesser, doch er war sich durchaus bewusst, wie kläglich dieses im Vergleich zu den Klauen und Zähnen seines mächtigen Gegners war.

Er fürchtete sekündlich von einem tödlichen Biss überrascht zu werden, doch er hatte Jess dabei nicht im Hinterkopf.

»Runter!«, schrie sie plötzlich. Ohne nachzudenken, gehorchte er ihrer Anweisung. Über ihm wurde es auf einmal warm. Als er die Augen nach oben verdrehte, sah er, wie Jess die brennende Fackel genau in die Schnauze des Raubtiers stieß. In der anderen Hand schwang sie die lodernde Öllampe an dem Lederriemen und knallte sie von oben auf den Kopf des Säbelzahntigers, der daraufhin sofort in Flammen aufging.

Das Tier drehte jetzt komplett durch und hieb mit den Pranken wild nach dem Feuer. Die Neandertaler rückten näher heran, um ihm den Rest zu geben. Dabei büßten sie leider ein weiteres Mitglied ihres Stamms ein, denn der Tiger schlug nun blindwütig nach allen Seiten um sich. Doch kurz darauf kehrte endlich Stille ein und der Kadaver des Raubtiers lag blutend, verbrannt und qualmend auf der Erde.

***

Jess konnte gar nicht glauben, dass es vorbei war, so schnell war das alles passiert. Sie stellte sich jetzt zu Danny, während die Neandertaler auf das tote Tier einstachen, um sich zu vergewissern, dass es niemals mehr aufstehen würde.

Das Neandertalermädchen kam jetzt wieder zu Jess. In einer Hand hielt sie Dannys Jacke, die dieser vor dem Duell auf dem Boden abgelegt hatte, mit der anderen Hand umfasste sie die letzte intakte Laterne, die erstaunlicherweise immer noch brannte. Das Mädchen händigte Jess die Jacke aus. Die Lampe überreichte sie dem Häuptling. Er nahm sie entgegen, untersuchte sie neugierig und streckte sie schließlich Jess entgegen.

Er will, dass ich ihm beibringe, wie sie funktioniert.

»Was nun?«, fragte Jess Danny leise.

»Zeig es ihm. Ich schätze, der Kuhhandel ist unser Ticket in die Freiheit.«

Jess suchte daraufhin einige Äste und trockenes Laub zusammen. Danach vermittelte sie dem Höhlenmenschen die grundsätzlichen Prinzipien des Feuermachens. Sowohl er als auch das Mädchen kapierten schnell, worum es ging. Er schickte einen Teil seiner Leute aus, um noch mehr Holz zu holen, und bald darauf hatten sie ein stattliches Feuer entzündet. Der Stammesführer hob die Fackel auf, die Jess benutzt hatte, um den Tiger von ihrem eigentlichen Angriff abzulenken. Er hielt sie in die Flammen und schwenkte sie dann über seinem Haupt.

Der ganze Stamm jubelte begeistert.

Mit der Fackel in der Faust wandte er sich an Jess und Danny. Er blickte beiden direkt in die Augen, bevor er den Weg zum Baum freimachte.

Danny nickte und schlug sich mit der flachen Hand gegen die Brust. Der Gruß wurde in gleicher Weise erwidert.

»Das heißt wohl, wir sind frei«, sagte Danny zu Jess.

Das kleine Mädchen schenkte Jess zum Abschied ihre Pfeife, die diese sich sofort in den Mund steckte und die Melodie von Popeye darauf pfiff. Das Kind erkannte sie aus der Höhle wieder, lachte und rannte davon. Jess verstaute das Geschenk sorgsam in einer ihrer Jackentaschen, dann lief sie Danny hinterher.

Während Jess sich an den Ästen hochhangelte, rösteten die Neandertaler dicke Fleischbrocken über dem Feuer, die der Häuptling aus dem Kadaver des Säbelzahntigers herausgeschnitten hatte.

DANNY

»Wir müssen uns über diese ganze Geschichte unterhalten«, meinte Danny Stunden später.

Sie hatten den restlichen Weg aus dem Tal geschafft, ohne von einem der Adler entdeckt zu werden. Nach der Überquerung des Bergsattels nahe der pyramidenförmigen Kuppe würden sie in Kürze in ihrem alten Höhenlager eintreffen.

»Geschichte?«, antwortete Jess vorsichtig.

»Vier Menschen sind gestorben … oder werden zumindest vermisst. Wenn wir nach Hause kommen, wird man uns mit Fragen löchern. Was willst du den Leuten antworten?«

In Jess Gesicht arbeitete es, während sie intensiv überlegte. Danny fragte sich, ob sie wohl die gleichen Schlüsse ziehen würde wie er. »Wir könnten es wie einen Unfall aussehen lassen«, antwortete sie nach längerem

Nachdenken. »Nach einem Unfall irgendwo anders allerdings, damit niemand auf die Idee kommt, im Tal nach ihnen zu suchen.«

»Ich bin mir sicher, dass mir noch etwas Plausibleres einfällt«, versprach ihr Danny. »Aber da ist immer noch das Gold. Eine verdammte Menge davon sogar.«

»Scheiß auf das Gold! Ich mag Pizza und Bier wesentlich lieber.«

»Was immer Sie befehlen, Ma'am«, antwortete Danny grinsend, während die Umrisse ihres Zeltes in den letzten Strahlen der Sonne vor ihnen auftauchten.

– E N D E –

»Matt James schreibt elektrisierend.«
RICK CHESLER

»**THE CAVERN** IST EIN SPANNENDER, FESSELNDER ABSTIEG IN DEN UNTERIRDISCHEN HORROR, MIT EINEM UNVERBRAUCHTEN SETTING UND CHARAKTEREN, MIT DENEN MAN MITFIEBERT.«

ALAN BAXTER,
AUTOR VON **DEVOURING DARK** UND DER **ALEX-CAINE**-SERIE

LUZIFER
VERLAG